# 惡女流域

陳瑤華　著

紀念　佩君

# 人物介紹

黃愷雲，筆名kaya，四十四歲。曾任營養品直銷公司總經理，三十八歲後成為全職主婦及知名親子作家。

吳　荻，美國大學社會學教授，四十四歲。已離婚。從小到大都是頂尖人物，精力充沛，長袖善舞。

廖薇薇，二十三歲，育有一女的家庭主婦，喜歡看書上網與幻想，逃避她曾經在現實生活中的不如意。

藍　，四十五歲，單身有型的男同志，愷雲和丈夫的好友，經常替他們出主意。

葉士弘，四十六歲，活力旺盛熱愛運動，成功的運動行銷公司CEO，喜歡美食與美色。

葉敏榆，十一歲，葉家長女，機靈而任性。

小　淳，八歲，葉家么兒，有亞斯伯格症，聰明難預料。

何季揚，十一歲，吳荻和前夫生的兒子，敏榆暗戀的同班同學。

程步緯，三十歲，季揚的繼母。

袁春旭，二十六歲，投機浮滑的業務員，廖薇薇的丈夫。

# 目次

# 暗夜沼澤

## ▬今年，一月二十三日，嘉義▬

脖子被勒住的瞬間，愷雲拼命踩住煞車，卻拉不開緊扼住她喉嚨的手。後腦重重撞擊在椅枕時，眼前閃過一片狂亂的白光。

恢復意識時，被卡車輾過似的鈍痛，讓她又吐又咳。回頭一看，只見後座的吳荻一臉蒼白的粗喘著氣，汗溼的髮絲間露出驚惶。那個陌生女子癱倒在她懷裡，就像一對親愛的姐妹。

一圈粉紅嫩綠的細布條，深深陷進那女子頸間，雙眼圓睜，嘴角咧開，拖出一條銀涎，彷彿剛聽到什麼天大的笑話。

「怎麼搞的！你殺了她？」

驚嚇到歇斯底里的吳荻，她還是頭一次看到。當然，愷雲自己也好不到哪裡去。

「我不是故意的！要是我不阻止她，我們全都會死掉！」

只差半吋，車頭就要撞進分隔用的安全島。偏僻的路上沒有其他的車經過，遠處似乎有警車的蜂鳴聲呼嘯。

「怎麼辦？」愷雲結巴著：「我們……要報警嗎？」

詭譎的路燈，照出吳荻如Medea的猙獰臉孔。這回不是演戲了。

「報警？你他媽終於想到要報警了？那你之前到底操他媽的在堅持個屁？要不是你

想當什麼狗屁的善心人士，把這該死的臭女人弄上車，我們也不會搞成現在他媽的這付鬼樣！……Holly Shit！這死女人把屎尿全拉在我身上了！要命……幹他媽的，黃愷雲！你他媽還在發什麼呆啦！快把車開走啊！」

「要開……開去哪裡？」愷雲的手腳都軟了：「我想，我們還是……」

吳荻一把推開愷雲。

「走開！我來開車。你給我好好看住那個死人，免得她又跳起來殺我！」

她爬進駕駛座，關上所有窗戶，手上卻沾到愷雲的嘔吐物。她咒罵一聲，順手揩在自己早就被弄髒的褲子上，急速掉轉車頭，開往另一條更亮的大路。

「我們要去哪裡？」愷雲撫著喉嚨，一說話就好痛。

吳荻像個嚴酷果決的船長：

「去哪？去甩掉你搞出來的麻煩！眼睛給我盯住後面，不然你就滾到後面去！」

才不要。車裡混雜著各種惡臭體液的氣味，像地獄一樣難聞，讓她又想吐了。她摸索著置物箱，裡頭隨時替小淳準備了塑膠夾鍊袋。

忍耐，別開窗。深黑的隔熱貼紙暫時能遮掩車裡的祕密。

死女人攤開手腳仰面躺著，眼睛暴突，驚愕的大嘴黑洞洞的，像壞掉的玩偶，隨著車身輕輕晃動。愷雲想去確認一下她是不是還活著，但是她怕。光看到那張沒有血色的臉，她就不自主的發抖，要是聽吳荻的話報了警……再想這些有什麼用？不，也許還來得及。

「我們還是……去自首吧？你不是故意殺人的，是為了救我才……」

「黃愷雲！你腦袋有毛病啊？」吳荻像機關槍掃射出一串髒話：「你連這個瘋女人叫什麼名字都不知道，何必讓她毀掉你的人生？那不正是她想要的，纏上你，把你的生活你的家全毀了？還是你打算跟警察說，人是我殺的，然後你就可以輕鬆脫身？你他媽的最好給我搞清楚，是你先放棄報警的機會，是你把我扯進這爛事裡，你少在那邊裝純潔裝聖女，像個局外人一樣！我們在同一條船上，現在要做的只有一件：假裝什麼事都沒發生過！」

車子開進一條林間小路，吳荻放慢速度，熄掉大燈，靠著微弱的星光，顛簸前進。最後在濃密的矮樹叢前停下。

「這是哪裡？」

愷雲壓低聲音問，全無燈光的荒野處處躲著恐怖。

「白天你帶我們來過的地方啊，好美麗的溼地森林，你認不出來了嗎？」吳荻諷刺的說，熄掉引擎。

白天裡優雅的翠綠樹林，現在變成張牙舞爪的黑暗惡魔，隨著夜風吹拂，嘎吱發出低低的呻吟。

「這裡是鰲鼓……溼地公園？你確定沒有危險？不是有門禁？沒有警衛來巡邏嗎？」

「沒有路燈，沒有監視器，二十四小時開放。就怕有半夜來捕鰻苗的阿伯，他們要跟鳥搶食物，都是走這條路進來的。」

「你怎麼知道？你根本沒有進去過園區和展示館！」

吳荻冷笑：「我何必？聽路邊賣蚵仔的阿桑講古就夠了！」

她往外觀察一下，確定除了強勁的海風，沒有任何動靜。

「風這麼大，應該不會有人來撈魚了。」吳荻咕噥著，轉頭吩咐愷雲：「你把她口袋裡的東西都掏出來，什麼錢包證件，統統都不能留下。我先下車去看看狀況。」

「等等！就在這裡……真的不會被人發現嗎？」

「誰知道！你別這麼膽小好嗎？賭就對了！」

她貓起背，像準備衝出壕溝的戰士，再次確認除了遠處公路呼嘯的燈光，附近沒有別的人跡，輕巧的跳下車，很快消失在樹林裡。

愷雲小心打開車門，外頭颳著大風，冰涼的新鮮空氣一湧而上，她深深吸了一口，淚水立刻衝向鼻頭。勇敢點！沒有回頭路了。

她再深吸口氣，毅然跨到後座去，在黑暗中踩到什麼軟綿綿的東西。咔嗒一聲，她驚呼一聲，跌坐在置物箱上。低頭仔細一看：那女人不知什麼時候滾下座位，卡在前後座椅之間，愷雲一隻腳正擱在她的腹部上方……喔糟了！八成踩斷肋骨了。

唉，無所謂了。她移到後座，彎腰低頭，盡可能不去看女人變形的臉，把手伸向女人的運動夾克和褲袋裡，除了幾張皺巴巴的紙鈔零錢發票，和一串鑰匙，什麼也沒有。

她把錢和鑰匙塞進自己口袋裡，突然想到，會不會在她身上留下自己的指紋？剛好碰到口袋裡的備用絲巾，她趕緊掏出來，在剛才碰過的地方拼命擦拭著。不經意碰到女人尚有餘溫的皮膚，她全身都起了雞皮疙瘩。

出發那天在休息站，孩子們吃手扒雞，她本著節儉愛物的環保習慣，順手把沒用過的乾淨塑膠袋手套和紙巾收起來，還被吳荻揶揄了一下。瞧！現在派上用場了吧……好像放在她的橘綠托特包裡？她不想再從死人身上跨過去，輕輕打開車門，滑下車，到前座去找包包。

才剛戴好手套，吳荻從黑暗的樹林小跑過來。

「弄好了嗎？」吳荻用氣音說話，晶亮亮的眼睛，大口喘息著，披頭散髮，鞋底都是泥，像頭亢奮的野獸：「快！找到一個好地方了，我們一起把她抬過去，我先把她拖出來，你去那邊扛腳。」

吳荻打開後車門，一看就發火：「搞什麼！脖子上這條東西怎麼沒弄下來？她的指甲呢？檢查過了嗎？」

愷雲囁嚅說太暗了沒看到。像小嘍囉一樣窩囊。

「真是……為什麼我老是要替你擦屁股！」

吳荻擰著眉，費了好些工夫，才解開深深嵌進女人脖子裡的布條，又用布條仔細清理過她的每根手指。最後把完成任務的布條朝愷雲臉上扔過來。

「這個收好，找機會處理掉。」

然後兩手撐住女人的腋下，一提勁，把她拖了出來。

為了彌補剛才的過失，一等吳荻把那女人完全拖到地面上，愷雲機警的先關上車門，再蹲下去抓住女人的雙腳。手套滑溜溜的不好使力，她得花更大的力氣握緊。

吳荻壓低聲音問：「什麼聲音，唏唏嗦嗦的？」

她也學蚊子嗡嗡：「我戴了手套。」

「笨蛋！聲音那麼大，要是被人聽見怎麼辦？把它脫掉！」

的確，手套的摩擦聲在風聲暫歇的寂靜中格外響亮。

「可是，要是留下指紋……」

「你偵探小說看多了嗎？大小姐！只要不碰到她的皮膚，你的指紋不會留在她的衣服上啦！手套拿掉，從褲管外抓緊她的腳！快點！」

手套沒有想像中好用，愷雲不再堅持，乖乖收好。重新抬起那雙在尼龍運動褲裡逐漸冷硬的腿。

女人個頭小而沉重，幸好吳荻力氣夠大，分散不少重量。她們喘吁吁抬著屍體爬下堤防，一腳踏進冰冷及踝的淺水，往樹林深處走去。她們換了位置，愷雲托住女人的腋下，讓吳荻扛著腳走在前頭帶路。女人的褲子和上衣之間露出一大片蒼白，有點刺目。

眼睛逐漸熟悉黑暗。水底的爛軟泥像無數小嘴，叭滋叭嗞吸吮她們的腳。愷雲個子高，又沒有吳荻的靈活，不時被低矮的樹枝纏住，水下還有蔓蕪的氣根礙事，索性把身體彎成蝦子樣，一步一拔。風穿不透密林，胸背腋下開始冒汗，又黏又溼。

沉默的行進中，除了腳下輕微的濺水聲，只聽見腦袋裡一次強過一次的脈擊，急速湧流的血液隨時會衝破她緊繃的腦殼。屍體愈來愈重，手臂好痛，腰好酸，手指開始發麻。拂過臉上的癢，也不知是蜘蛛網還是蟲，腳下的鞋被泥水浸透，冰冷的溼意從褲腳往上蔓延。

她們磕磕絆絆，走在灰黑影綽、沒有盡頭的噩夢裡，偶而還會被折斷的樹枝、夜雀突來的長嘯和驚飛的鳥群嚇得屏息。

會有蛇嗎？會不會有水蛭鑽進褲管裡？有老鼠嗎？如果碰上野狗呢？管理員會不會帶著手電筒來巡園？她踩死的小螃蟹有好幾隻……腦子裡的雜訊光點胡亂閃爍，幾乎使愷雲錯亂。

她低頭想看清腳下，先跳進眼裡的卻是那女人在她胯下晃來晃去的頭顱，仰面翻著白眼，咧嘴朝她大笑。她一驚，鞋底一滑，半隻腿都跪進泥沼裡。

吳荻險些被她拖倒：「你幹嘛！快到了，蹲低一點。」

終於到了。那是一處被海茄苳層層包圍的小沙洲，蓬勃叢生的水面氣根之間正好有個窄小的洞穴，大概只有小型臘腸狗能勉強進出。

吳荻示意她可以放下了，兩人合力抓住屍體的肩膀，又推又拉的把她塞進洞裡。闇黑的深處，喀嚓啪嗒細細的爆響著，分不清是壓斷樹枝還是弄碎了骨頭。那截白皙的肚皮被樹林吞沒前，愷雲似乎在上頭看見自己深陷的腳印。

最後吳荻折彎幾根帶葉的樹枝，掩藏洞口，再繞著「墳墓」巡查一下，確定從外面看不出來，這才吁口氣，蹲下身洗手。

「你在幹嘛？喂！」她嘲笑愷雲合掌閉眼的舉動：「你還有心情替她送葬？趕快走啦！」

回程輕鬆許多，路程比想像中的短。她們彎身穿梭在迷宮似的紅樹林裡，很快就回到堤防邊。

正要爬上粗糙的水泥斜坡時，一道燈光從海邊射來，引擎聲噗噗噗噗。她們連忙矮下身子，緊貼著牆，屏住呼吸。

摩托車駛近了，停下來。

「喔，畢阿姆答溜……高級咧內……這呢大台！」

一個蒼老沙啞的嗓音嘖嘖讚歎，繞著車身欣賞。

老頭就站在她們上方，愷雲緊緊環抱自己，盡量將身體縮到最小，心跳幾乎停止。吳荻背貼著牆，悄悄蹲下去，從腳邊撿起一顆大石頭。

「走啦！一定又是那些少年人，載女朋友來『浪漫一下』啦，嘜給人家偷看啦。」

另一個刺耳刮噪的聲音聽不清是男是女，嘿嘿兩聲，像一記敲在頭頂的雷。吳荻緊握石頭的指節都發白了。強勁的陣風仍然咻咻打在她們臉上身上。

「等下，我放一噗尿咧！」

「嘜啦，風這呢透，等下寒到……」

突然很遠的，一隻狗拉長嗓子嚎叫起來：嗷嗷嗚……嗷嗷嗚……不尋常的哭號，陰森而淒慘，讓人聽著寒毛直豎。

另一隻狗被喚醒了，接力哀鳴起來，一隻，又一隻，由遠而近，穿透寒風，掠過樹梢，像一隻無形的呼求的手，拼命想抓住什麼，往這裡追來。

「狗仔看到鬼了！咧吹狗螺啦，驚死人！緊走啦，要放尿回去再放啦！」

摩托車噗噗的很快就消失了。吳荻再等一會兒，探頭確定四周沒人，立刻扔掉石頭，兩手一撐，跳上堤防：「快上來，走了！」

嗷嗷嗚……嗷嗷……淒厲的冤叫愈來愈近了。

愷雲使盡最後一絲力氣爬上去，把即將撲上來的狗哭關在車外。吳荻單手轉動方向盤，快速掉頭往原路開去。

如果剛才被那兩個老人發現，吳荻會拿那塊石頭做出什麼事？愷雲不敢多想，裹緊外套，凍結的血液已經慢慢回流了，但她還是冷得直打哆嗦。

車子繞進一片漆黑的野地，關了大燈，路邊樹下有座小小的土地公廟。

「停下來做什麼？旅館還沒到啊。」

「用點腦子行嗎？你看看我們這付樣子，還有車裡，怎麼回去？」吳荻拉掉纏在她頭髮裡的樹葉，往車外丟：「你還有多少礦泉水？」

為了不讓孩子們喝含糖飲料，愷雲在後車廂隨時備著大容量的桶裝水。她們洗淨手腳，把身上衣服上的汙穢洗掉，再把能找到的抹布絲巾手帕全打溼，沾上愷雲隨身攜帶的小包裝蘇打粉和橘子油精，藉著微弱的車內燈，把車裡全擦過一遍，腳踏墊也拿出車外抖一抖。

車頭保險桿有個不明顯的凹陷，上面沾著一些纖維或毛髮，愷雲連那裡也好好擦過，徹底發揮她清潔不留痕跡的專長。

收拾妥當，吳荻雙手合十，虔誠的對著土地公拜了兩拜。

「我以為你什麼都不信。」

「我是不信啊，」吳荻疲憊的笑一下：「我小時候還是土地公的乾女兒呢！只要能讓我甩開這件破事，現在要我信什麼都行！」

◆

「聽好了，」看見旅館的招牌時，吳荻才打破沉默：「明天一早我就帶兒子搭高鐵先回台北，明天下午我要去香港。這部車，你得盡早處理掉，洗得再乾淨，還是會留下證據……別插嘴，讓我把話說完。還有，除非你想在牢裡重逢，否則我們別再連絡。」

愷雲眨眨眼，沒能止住湧出的淚水：

「或許，這趟旅行一開始就是錯的……」

「你知道我們最大的差別是什麼嗎？」吳荻把車直直倒進停車格：「就是我從來不浪費時間去後悔。」

# 西河

## ■去年，九月三日，台北■

【kaya的觀星小陽台】

訪客留言板

親愛的kaya：我是你的忠實粉絲原本我很喜歡你漂亮溫暖ㄉ家可愛ㄉ孩子和相愛ㄉ丈夫，但是你ㄉ文章我看愈多心裡就愈不舒服。你知道ㄇ把你ㄉ私生活寫給別人看實在很危險你ㄉ家庭安全可能會有威ㄒㄝ對於無法像你一樣得到幸福ㄉ讀者看你ㄉ文章就像照鏡子一樣慘忍，本來我覺得自己ㄉ生活沒什麼不好但看見你家ㄉ大院子和鋼琴才發現我租來ㄉ小公寓有多爛。看到你開好車品紅酒ㄉ老公才知道我那騎機車喝台皮ㄉ老公有多沒用。不知道你寫文章是想鼓立大家學習你理想ㄉ家庭生活還是你想和大家分享成功主婦ㄉ喜悅？如果是第一樣光靠老公ㄉ新水和我普普ㄉ頭腦我永遠做不到像你這樣。如果是後面那樣我決ㄉ你最好把這些娛快ㄉ成就感向自己ㄉ親朋好友現ㄠ就夠了，謝謝。

薇薇把這篇留言重新讀一遍：真犀利啊！暢快的熱流仍在她全身沸騰著，但手指卻在鍵盤上猶豫：她會怎麼回答？還是假裝沒這封信的存在？

這算下戰書吧！可以的話她希望完全忘了kaya這個人，把這個部落格從她的電腦刪掉，繼續過她不算太糟的生活。

但如果她不聽話繼續寫，又經常在雜誌或電視的談話節目上出現（像今天晚上那樣），她會採取必要的行動──雖然她還沒有任何成形的計畫。

她的食指按下滑鼠左鍵。

◆

▌去年，九月五日，台北▐

公園裡，老榕樹擋住了暮夏的熱氣。廖薇薇揮開落在她鼻尖的蚊蟲，囫圇吸口變溫的珍珠奶茶，閉眼默數，就像這週的每個下午一樣：一、二、三……九、十，睜開眼，賓果！一個熟悉的身影從蔭綠深巷裡走出來，無腰身的淡紅過膝連身衣，草桿軟帽，一朵紅雲般冉冉轉個彎，走上陽光燦亮的人行道。女人挺直的背脊和優雅步履，富裕的低調，彷彿她正散步在清幽的山林，而不是午後的鬧區街上。

為什麼她看起來這麼耀眼，彷彿全世界都屬於她？即使把別人踩在腳下，她仍能微笑往前走？

「好可愛的娃娃啊！還不到一歲吧？」

「一歲十個月了。」

「哎呀！怎麼看起來這麼小？要給她多吃飯，多長點肉才行哪……你們住這附近啊？」

薇薇沒接話，熟練的替推車裡的小牛妹換尿布。四天了，這一頭灰鳥窩的老太婆開場白都沒變。

戴草帽的霞紅女人往回走，身邊多了兩個背書包的小學生。蓓蕾般的女孩偎在母親肩上，嘀咕個不停。男孩長著小精靈耳朵，落後幾步，低頭專心數路磚。

他忽然奔向馬路，摀住耳朵擋開刺耳的剎車和咒罵聲，三兩步衝進公園，硬把鞦韆上的孩子推下，開心盪得老高。

老太婆用拐杖敲地，狠狠啐口痰：「你看看！又是這個沒家教的小孩！這公園裡的樹啊草的，都被他折斷好幾枝了，喏！那裡本來不是有個小搖搖馬嗎？也是他弄壞的！別看他那個媽，秀秀氣氣，嘴巴可厲害了……」

薇薇沒搭話，雖然饒舌的老太婆有的是八卦，但現在她得保持中立的路人形象。

男孩的母親扶起被推倒的孩子，頻頻道歉。男孩漲紅臉又叫又哭，蠻力的搥打母親，想從她手中搶回鞦韆，然而母親只是堅定的把他緊擁在懷裡，等他的憤怒平息之後，才把他帶到一張長椅上軟言安撫。

女孩遠遠坐在公園入口的波斯菊花台上，一臉無聊的用食指玩弄髮梢。

小淳是來自外星的孩子，住在小小的蛋殼裡，只留一道細縫給家人，藉著一絲漏進來的光線看外面的世界。他在自己的小天地裡摺紙船，畫著構造精巧的小飛機，從葉片的紋理和羽毛的脈絡，觀察光的變化，鑽探地底和天空無窮的祕密。而我這隻母雞，只能默默守護這脆弱的蛋，忍耐他人的誤解和指責，用最深沉的愛等待著，等待他破殼而出的一天。

老太婆跟薇薇一樣，眼光離不開那對母子：

「我說嘛，孩子不聽話，抓過來打一打就乖了。現在的媽媽都太寵小孩了，我們以前忙著工作，哪有時間和小孩這樣磨菇……」

孩子哭了，薇薇藉機推著娃娃車走開。繞過涼亭下棋打拳的老人們，走向花徑岔路，遲疑一下，往花台旁的女孩走去。

女孩把長髮攏到左肩梳理，揚起水煮蛋般鮮嫩的臉，瞪著嘎吱亂響的舊推車和薇薇，撇撇嘴，繼續捲弄髮尾。

薇薇舔舔發乾的唇：

「呃……妹妹不好意思，請問一下那是你媽媽嗎？看起來很面熟喔，我好像在哪裡看過。」

女孩打個無聊的呵欠：

「唉，一定是在電視上看過吧！可別跟我說你也看過我喔，我正在努力存錢，準備把我媽咪寫的書統統買回來燒掉！」

女孩說完，笑咪咪欣賞薇薇的驚愕。

「為什麼？」

「你不覺得把家人的私事拿出來賣錢，太過份了嗎……不過話說回來，也要感謝你們這麼捧場，我媽咪才能幫我付英語遊學營和芭蕾舞鋼琴課的學費，還能讓我們試吃頂級牛排，拿到免費的吸塵器和快鍋……嗯對了，我問你哦阿姨，你覺得我頭髮這樣放下來，還是綁起來好看？我超～～想把它剪短的。」

「嗯……都好看啊。」

「我媽說女孩子一定要留長頭髮，真是老古板！」女孩撅起圓圓的嘴，吹開瀏海：「我們班上的何季揚說，我如果剪個像郭采潔的短髮一定很漂亮。你知道嗎，他是我們班最帥的男生耶！而且他還約我明天去他家一起寫功課……」

這女孩話真多，壓抑很久了吧？

昨天敏敏結束一小時的鋼琴練習，隨手彈起德布西的《月光》，清靈浪漫，我不由得停下切菜聲，隨著她流水般的琴音，神遊到遠方。成長中的女兒，如同赤足跳躍在森林和水邊的小仙子，每踏一步就都開出小花，她是每個母親心底最神祕的美夢。

「喔！不說了。媽咪來了。」

女孩立刻換上天使般的甜蜜笑容，躍向母親。

「嘿！媽咪，好巧喔！這個阿姨也是你的粉絲唷！」

那團帶香氣的紅霞就像另一個世界，薇薇握著推車的手心開始冒汗。

「啊，不……我只是……好像在書店看過你的照片，呃，改天我有機會就去買書來看，聽說寫得很棒。」

母親嘴角彎成雍容的弧度：

「哎！其實沒什麼，隨便寫好玩的。這孩子就愛替我亂宣傳。」

「哪有，人家說的是真的嘛！你應該大方接受別人的讚美嘛！都上了暢銷書排行榜耶！」

趁母親低身逗弄推車裡的孩子，女孩湊近薇薇：

「喂，剛才我說的話都要保密喔！」用食指在嘴前拉上拉鍊。

目送母子三人離去的背影，薇薇深吸口氣：還好，她根本認不出我了。

慢慢湧上的失望和憤怒，燒灼著她的胸口。她蹲下身，額頭抵住推車護欄，捉起孩子一隻肥軟的小腳塞進嘴裡，免得自己痛苦的叫出來。

上網到kaya的部落格去看新文章，或是其他讀者的迴響，曾經是薇薇每天最愛的娛樂之一。

◆

春旭當業務，基本月薪不到三萬，又愛趕時髦玩股票，賺錢時換手機租名車帶她們去墾丁住夏都，賠錢時連房租都繳不起，她乾脆在家帶小孩省保姆費。

頂樓的公寓不到六月就熱得像蒸籠，老舊的冷氣轟轟轟，蓋不過嬰兒的啼哭，一屋子的雜物和堆得像小山的的衣服和髒碗盤，看了更心煩。

她嘗試出門去交朋友，認識幾個附近社區的媽媽友，在附近的咖啡店公園或別人家裡聚會，說老公的壞話，聊當紅的藝人和電視劇，分享商店的會員卡和折價券，一起作蛋糕和副食品。起初薇薇還蠻享受這種閨蜜時光，漫長的一天咻的就打發過去了。但是當她們開始打聽老公的薪水和身價、約著一起上美髮美甲店、比較嬰兒用品和衣飾皮包的價錢，討論該送孩子上什麼才藝班或腦力開發課，薇薇就覺得自己成了局外人。

小牛妹的動作和語言發展得慢，跟不上其他小孩，別的媽媽毫不掩飾的憐憫眼神，還有自以為有學問的雞婆建議，使她顯得幼稚無知又脆弱。她漸漸疏遠了那票媽媽友，除了買菜上銀行，她盡可能不出門，找藉口婉拒她們的邀約。還是宅在家裡上網自在，又省錢，從早上起床到睡前都穿同一套衣服，用不著費心打扮。

在匿名的世界裡，不用看別人的臉色，可以揀順耳的話來聽，也可以盡情的批評她看不順眼的事。假裝自己富有又美貌，友善又聰明，在各大討論版上變換各種帳號和陌生人閒聊。

育兒網站上有不少人推薦kaya的部落格，薇薇就去潛水，那些字句正中她的心坎：

與其問養孩子要花多少錢，做父母的或許更該問：我一天能分配多少時間給孩子？是否準備好要用心，而不是用錢，去愛他一輩子？人生並不是一條筆直的跑道，而是一趟充滿驚奇的曲折旅程，只要放慢腳步好好欣賞，就能陪孩子享受每一步的樂趣、每個轉彎的新發現。擔心孩子輸在起跑點，催促他拼命衝刺，錯過了沿途美景，只為了抵達終點贏得獎杯或掌聲，這真是我們想要給孩子的嗎？

Kaya平淡的文字和教養觀點，讓薇薇的育兒生活不再孤單，更特別的是：她**也**是個家有特殊兒的母親。

即使有這小小的遺憾，kaya仍舊勇敢的面對命運，生活中再小的煩惱或愉悅，她都敏銳的用文字捕捉，用她非凡的品味和細膩的心思，將它們織成掛毯上可親的花草和雲彩。在這張獨特的掛毯中央，隱約勾勒出她的家庭形象：在一棟年邁的小洋房裡，小院子裡種著女主人最愛的花和樹和下廚用的香草，停著一部載他們四處拜訪生態的休旅車；熱愛運動、事業有成的男主人看似精明，卻會把清潔劑和橄欖油搞混；即將進入青春期的女兒善體人意、喜歡幻想，她的偶像是德蕾莎修女和鋼琴家兼指揮家阿胥肯納吉；兒子的亞斯伯格症，使他不能理解人際微妙的情感，他的世界黑白分明，卻比任何同齡孩子都還專注於自己喜愛的事物，簡直是一本昆蟲活百科。

kaya在文字裡展示自己的平凡，有時還風趣的自嘲初入廚房的笨拙、和孩子們拉鋸戰後的崩潰，以及她如何在夜深時和丈夫談心，學著用他人的觀點來看世界，一幕幕鮮活幽默的家庭劇，拉近了讀者與她的距離。經營家庭幸福這件事，只要讀者願意付出心力，就能變得像看食譜做菜一樣簡單，有的書店甚至還把她的作品放在勵志類的架上。

深夜的留言板尤其熱鬧，匿名的父母們卸下一天的勞務，敞開心分享自己育兒或婚姻的心得，互相鼓勵或建議。這些沒有臉的人成了她最好的同志，比她的丈夫或親人鄰居都還親，因為他們和她關心同樣的事，能理解她的苦惱和希望，在困惑時會熱心的替她指引出路。在那裡，她得到了童年以來一直渴望的注意與關愛，不再孤單，真誠的文字，勝過實質的擁抱。

偶而有幾個賀爾蒙失調的傢伙來踢館，指責kaya是個活在雲端的貴婦，才有大把時間陪孩子觀星找蟲和下廚，家裡夠有錢了，根本不需要從零培養孩子的競爭力。

對於這些沒禮貌的批評，kaya會認真的寫篇新文章回覆。沒有火氣，條理分明，像個聰明成熟的姐姐向你坦露心事，近到能看清她衣襟茸茸的毛球，感覺到她的體溫，看著你的眼睛輕聲說：不要緊，你只是累了，需要找人發洩，來，把你的委屈盡情吼出來吧！我懂得的，因為人生在世，要的不過是他人善意的注目和理解，唯有愛，愛自己也愛別人，才能化解衝突，它是最溫柔也最強大的力量。

等你被她哄乖，一留神時，她早已抽走你手中惡毒的刀鞘。

◆

兩星期前，她帶小牛妹到診所做健康檢查時，讀到親子雜誌上一篇知名作家kaya的專訪，暢談她從職場退出，成為全職主婦，又如何成為作家的心路歷程，附上她抱胸微笑的女強人舊照。薇薇呀了一聲：怎麼會是她？

薇薇死盯著相片，看了又看：沒錯，就是她，「螃蟹小姐」。每次帶客戶到泰式餐廳來，必點一道咖哩螃蟹。總是高聲談笑，是大家公認超難伺候的奧客。永遠一付剛從高級沙龍出來的光鮮，髮型和妝容完美得像皇后。

她拿著雜誌的手不停顫抖，耳邊還能聽見那女人捉狂刺耳的尖叫：

「你這白痴！新來的啊？這件衣服是Channel的你知不知道？天哪，你賠得起嗎？去叫你們經理來！」

她把別人送來的溼毛巾扔到薇薇臉上，憤憤走向洗手間，猛力推倒的椅子壓在薇薇黏著玻璃碎屑和血絲的腳背上。

薇薇當場被開除。外頭下著大雨，她忘了拿傘，走過三個街區，肩上衣服都溼透了，沒感覺到鞋子裡的碎玻璃。突然有人在背後驚呼，回頭時，只見一個個怵目的血腳印追蹤而來，直追到她被浸得鮮紅的帆布鞋下。

要不是螃蟹小姐大手一揮，打翻托盤，人生有可能完全不同。她會升到領班副手。還有那個泰國華僑主廚常常偷瞄她。也許哪位客人會賞識她的勤奮認真，提議給她另一份工作。存夠錢去補習英文考證照……要不是螃蟹那一揮，她就不會因為腳傷成天窩在房裡上網，不會在聊天室認識春旭，也不會到處打著低薪零工，也不會因為懷孕草草結婚。她的前途不該被這隻螃蟹給毀了！

**「我曾經是個嚴厲的主管和母親，處處要求完美，卻不懂得尊重別人的想法和個性，也不會輕易原諒別人犯的錯誤，現在想想，我以前真的是個壞人。」**（笑）

你的確是。你賠得起我錯過的人生嗎？

前幾個月對kaya的滿心崇拜，現在想想很白痴。

那天薇薇帶小牛妹去天母的朋友家慶生，結束後去搭公車。她背著熟睡的女兒亂轉，在巷道錯綜的住宅區迷了路，卻遇見kaya的家。

桂花的香味引她走到一扇有墨綠葉片鏤花的鑄鐵大門前，門邊掛著橘色木頭信箱，信箱蓋上用馬賽克鑲貼著一艘揚著白帆的藍色小船，有點眼熟。

她好奇的從鐵門縫隙往裡窺，有個女人正蹲在院子裡拔草，那頂寬邊草帽和水藍襯衫卡其長褲，也似乎在哪裡見過……是kaya！她的書中有張整理花園的照片，就是這樣的裝束。

上了年紀的米黃色洋房，牆很高，只能看見二樓落地窗後飄動的薄紗窗簾，和屋頂的常春藤架，芒果樹從牆頭探出來，灑下些許陰涼。石牆的角落藏著一扇深綠鐵捲門，那是車庫，她知道，裡面停放著一部BMW銀灰休旅車。完美得像個夢。

那世界不屬於她。就連次一等的高級公寓，那種大廳有保全有自動門有空調的，像她的朋友家，踏進去了，她終究也只是個客人。

之後薇薇每天的行程就是跟蹤。到kaya常去的市場和商店，跟著她到孩子的學校送現做便當，看她帶孩子往返才藝教室和英文安親班，或是在這個公園等候，她也不知道自己在等什麼。

直到她在咖啡館裡撿到kaya的新款智慧手機，賓果！

薇薇在連鎖咖啡館工作過，店內監視器通常只會裝在櫃檯後方，防止店員偷錢或和客人有糾紛。只能怪kaya自己太粗心，她忙著在筆電上指點粉絲們如何做個好母親，差點忘了去才藝教室接孩子，匆忙之間把手機忘在桌上，又剛好有個年輕媽媽背著孩子經過，手機就掉進了她掠過桌面的育兒背巾垂布裡。

認真研究半天，總算讓它閉嘴。晚上趁春旭睡著後，用他同廠牌的電源線替手機充飽了電。手機相簿裡有個四十五歲左右的俊朗男人略顯風霜的臉，穿著筆挺襯衫，套一件V領毛衣，拘謹書生的氣息，站在一群舉杯歡笑的中年男女的邊緣微笑，另外還有五六張他的獨照。

不是她文章裡時常充滿愛意提及的丈夫，那個戴圓圓的復古眼鏡、熱愛醇酒美食、喜愛運動和大自然、矮小結實、髮線早已退潮的運動行銷公司執行長。

這男人是誰？

薇薇捂著抽痛腫脹的膝蓋和滲血的額頭，抹去小牛妹臉上的淚水。隔壁房裡，滿身酒氣的春旭正鼾聲大作。

讓kaya也來感受一下，真實的世界有多醜陋，她描寫的幸福生活又有多虛假。

# 東河

## 去年，九月十七日，台北

【kaya的觀星小陽台】

〈關於A周刊的婚變謠言，我想說的是……〉

一生中我們會經歷過許多種愛，它們並不像行星循軌道而來，卻更像在太空中的流星彼此交錯，甚至互相撞擊。

天上的繁星如此美麗，但對我而言，只有家這顆小恆星，才能牽繫住曾經愛流浪的我，甘願成為一輩子守護它的衛星。

至於過去的愛呢？那是我難忘的青春，即使愛已遠去，但真心的關懷與友誼，永遠不老。

謝謝所有關心我的朋友，這些日子以來，惡質的流言和負面報導，的確對我和家人造成一些困擾，我的朋友X先生和家人受到波及，我也深感抱歉。

X先生因為父親幾年前重病，不忍心見到父親受苦，於是發願拜師學習氣功與針灸，希望能幫助親人緩解身體的病痛。

去年我在同學會上與X先生重逢，閒談間聊到困擾我多年的脊椎不適和睡眠問題，X先生慷慨提議幫忙。很神奇的，只治療過兩次，長年的背痛和淺眠全都消失了，又恢復了從前的健康輕快。

我有個壞毛病，會耽溺於做喜愛的事而忘我。

最近我迷上了園藝，長時間蹲在院子裡拔草整理堆肥的結果，造成了膝蓋肌腱炎，做了一個多月的復健治療，仍然無法減緩上樓梯或坐下瞬間的疼痛，我只好再度向X先生求救。

這件事是我和丈夫商量過的結果，沒想到竟會造成他人錯誤的聯想。

昨天，我和孩子們分享了這個睡前小故事：

蘇東坡和佛印在樹林裡一起打坐，蘇東坡問佛印：你看我像什麼？佛印說，你像一尊佛。蘇東坡聽了很開心，就開玩笑的回答他：可是我看你像一坨大便。回家後他跟蘇小妹分享了這件趣事，小妹卻笑著說：他看你像佛，是因為他心中有佛，你看他像大便，就因為你心中只有大便。

敏敏反應很快的說：原來那些說你壞話的人，心裡都是大便！

小淳突然緊緊抱住我：媽媽，你不可以跟爸爸離婚！

不會的，我的寶貝們。我和坐在安樂椅上看雜誌的丈夫交換了會心的眼神：爸爸媽媽為你們用愛打造的堅固堡壘，不會因為一點小風小雨就出現裂痕。

不久前，有位匿名朋友留言給我，希望我為了自己和家人的安全著想，不要寫太多家庭私事，免得引來無謂的嫉妒或中傷。

很感謝這位朋友的提醒，原本我只是單純想分享一個平凡母親的生活點滴與感動，全職主婦生活的孤單與辛苦，只能用網路這種超越現實時空的工具，來獲得抒發與交流。

我完全沒意識到自己會成為公眾人物，被當成電視藝人，被狗仔隊跟拍，日常的小舉動被放在媒體放大鏡下檢驗揣測，這都不是我的初衷。

也許我的文章觸動了某位朋友婚姻的傷痛，對此我要說，我只是想散播幸福的感染力，所以，請拋開你的情緒放大鏡，接受我真誠的擁抱。

陪著小淳跌跌撞撞成長的過程，也許會讓同樣有ＡＳ兒的媽媽，在無盡的焦慮挫折中，不再感到孤獨。

我不是完美的母親，我的丈夫和孩子也有自己的缺點和煩惱，我們家並不富裕，也一樣要記帳抓緊預算，不能隨心所欲的購物吃大餐，也要教導孩子們節儉和惜物的美德，學習擁有尊重他人的包容和同理心。

如果我的文章令你覺得刺心難受，就請你關掉電腦，轉身去擁抱你親愛的另一半，陪孩子唱歌說故事，帶他們出門去看看世界的廣大與美好。

且讓我繼續書寫一個母親的憂喜和日常，在這一方小小的格子裡。

◆

## 去年，九月二十五日，台北

週六早上，愷雲為了宣傳新書先去電台接受現場訪問，再趕去參加小學的家長會。到兒子班上露個臉，再到女兒的教室，已經遲到一小時，錯過家長們自我介紹的時間，導師正在解說這學期的活動安排。

來了大約十三四位家長，把孩子們的課椅挪成一圈圍坐著，高年級重新編班，她認得的家長只有五個。

有個認識的媽媽向她招手，指指她身邊的空位。正打算悄悄坐下，導師突然亢奮的提高聲調：

「啊！敏榆媽媽來了，歡迎！」

眾人的目光全聚焦到她身上，愷雲只好拉直尷尬的姿勢，向大家點頭含笑招呼，輕聲對導師說：「真不好意思，我遲到了。老師請繼續。」

班級親師會的流程寫在黑板上，最後一項用紅黃藍粉筆醒目的框出來，還在右上角畫朵小花：

**知名親子作家kaya（葉敏榆媽媽）分享座談「愛，是家庭的強力膠」**

老師真細心。

有人傳來一袋書面資料：課程綱要、行事曆、課後閱讀書單、家庭狀況調查表……。

一邊看資料，一邊感覺有道晶亮的目光，從左斜前方筆直射來，一抬頭，卻和一位鬈髮濃妝女人藍紫色的眼睛相遇。女人收緊雙下巴，對她嫵媚一笑，打著「好久不見」的旗語。

女人年紀和她相仿，及肩的大鬈髮染成帶紫的棕紅色，粉紅香奈兒外套，擠香腸似的石洗緊身牛仔褲，小巧的米白高跟鞋，膝上擺著香檳色駝鳥皮柏金包，在低彩度的教室和家長群中顯得特別扎眼。芭比娃娃如果變成歐巴桑，大概就像這樣吧？

女人朝她眨了一下睫毛翹挺的左眼，她只得禮貌的微笑。這誰啊？雖然遇過自稱粉絲的陌生人前來裝熟，還不至於有這麼狎暱的表情……

鄰座的媽媽湊過來公佈謎底：

「喏，對面那位是何季揚媽媽。」

啊？怎麼會？雖然打扮一樣誇張，但季揚媽媽不是年輕的苗條美女嗎？

「聽說是親生媽媽，最近才從美國回來的。」

心上的大問號總算放下了。愷雲聽著老師冗長的說明，一面感到那女人的視線仍像蒼蠅繞著她飛。她決定不理會，在心底默想待會兒主持座談的大綱和開場白。

有誰挪動著身子，木頭課椅咯吱一聲，在她的潛意識開了個小小縫隙，瞬間湧出強烈的金黃陽光、亮藍如海的晴空、陰暗的教室裡啁啾的笑語、走廊上男孩們精力旺盛的奔跑、火紅的鳳凰花和白衣藍裙的短髮身影，一雙調皮晶亮的黑眼睛……還有田徑場邊一聲聲狂妄的大喊：

「吳荻吳荻，天下無敵！」

她再度望向那女人：聰明靈活的大眼睛、挺直的漂亮鼻樑，鬆弛但仍有傲氣的薄唇，真的是吳荻！

接住她驚訝的眼光，吳荻像在球場上剛送出一記漂亮的殺球，結束比賽，帶著勝利的微笑走出場外。放鬆的眼神開始無聊，遊蕩在教室的其他角落。

和吳荻有多久沒見過面了？她們國中同校，有兩年同班，後來又考上同一所大學不同科系，在同一個社團再度相逢。她們的交情沒有好到畢業後還會保持聯繫。

可以的話，最好一輩子別再遇見。

她老了，身材也走樣了。也許是老公外遇中年失婚？看來像跑業務的，保險或房仲之類的，她有那種裝排場的油滑，厚厚的脂粉藏不住她的憔悴和風霜，大概熬夜抽煙喝酒都少不了，誰曉得這一身名牌是仿的，還是靠卡債借來的？……

不錯不錯，很適合她的人生，愷雲打心底笑了。

班級時間告一段落，接下來就是家長的自由座談了。陸續有其他班的家長進來，愷雲主動和其他媽媽幫忙把課桌椅恢復原位，吳荻叩叩踩著高跟鞋走來，還沒靠近，就用她多年不變的甜美女高音喊：

「Hello！黃愷雲～～真是，好久不見！你變得好多，氣質美女耶！我都認不出來了！」

撲來就是一個香味刺激的擁抱。但這擁抱很有技巧，旁人看來極熱情，抱的人卻只沾到對方少許的衣角，身體隔著相當的距離。

愷雲不自覺模仿她，聲音拉高到都快分岔了：

「咦！吳荻～～嚇我一跳！你怎麼會在這裡？」

「是啊！沒想到吧？我第一次來參加季揚學校的活動，本來我沒空，但是我那寶貝兒子說，老師真的很棒，讓我來認識一下。後來我在電視上看到你，我就想，既然兒子一定要我來和老師見面，我乾脆把今天的schedule調整一下，來親眼看看，這個名作家kaya到底是不是我的老同學。果然是你！……真好！你現在是名人了啊，我記得以前你在學校作文就常得獎，演講比賽也是……」

「原來兩位媽媽是老同學？」導師笑著說：「真巧啊，我們親師會有時也像這樣，變成家長的同學會呢！」

吳荻親熱的拉著愷雲的手：「嘿！老師老師，你知道嗎，國中加大學，算一算我們同學了七八年耶！我這位老同學超優秀的，不管作文或演講都是高手，今天請她來主持座談真是請對人了。」仰起臉看著比她高了半個頭的愷雲：「不過，真是對不起啊，我待會兒有事要先走一步，不然還真想留下來聽你演講。我們改天約出來喝杯咖啡吧……這是我的名片，我也留一下你的電話。」

旁邊有人插嘴：「不用啦，敏榆媽媽是家長委員，剛才發的名單上有聯絡電話。」

「是嗎？那太好了！」吳荻從皮包裡拿出剛才的資料看了一眼，愷雲瞥見最上面那張是課程表而不是家長委員名單。「喔！真的有，那我再打電話給你，嗯？我說真的喔！我們一定要好好聊聊。真不好意思，老師，各位爸爸媽媽，我先告辭嘍，Bye-bye！」

她滿臉燦爛，對愷雲豎起兩隻桃紅的大拇指，叩叩叩搖曳出了教室，殘留的香氣和笑聲彷彿空中餘音迴繞的閃電。

愷雲回過神：剛才應該送她一本簽名的新書，題什麼詞好呢？致我的朋友……

話說回來，她幹嘛在意吳荻？不管是十四歲，還是二十二歲，她們從來都不是朋友。

她能看見那樣的畫面：坐在台下的吳荻，抱著豐滿的胸脯傾身向前，滿臉興味的盯著在台上講話的自己，像隻老虎玩賞即將到手的獵物。等她一結束發言，吳荻會立刻像個小學生天真的舉手發問，問到她招架不住……

剛才吳荻說了什麼？作文？演講？沒錯，作文是愷雲的強項，可是演講……她是故意的吧？她不會不記得愷雲站在台上卻結結巴巴忘了講稿的那唯一一次比賽，事後吳荻還在別人面前模倣她忘了詞：「呃……社、社會的……呃……退步，噢不，進步！」，一面拼命搖晃身子，最後鈴響被評審老師請下台，還踩空台階跌倒的狼狽相，逗得圍觀的人哈哈大笑。

真無聊！都是中年人了，她不會搞這種把戲了吧？

只要有吳荻在，空氣就變得很稀薄。小時候吳荻對她來說，就像當頭罩下的森冷烏雲，讓她不自覺想縮進殼裡取暖。現在她比吳荻高出半個頭，陰影仍舊。

耳邊刮著細細的評論：「剛才那是誰？以前沒看過……」

「何季揚媽媽？她不是……」

「聽說她一直都住美國，在大學教書。最近休假回來做研究。」

「啊！是學者？真看不出來，還蠻搶眼的嘛！」

聰明的、鬼靈精的、亮眼的、活潑開朗的、缺乏道德感的、狂野的、有感染力的、受歡迎的、多才多藝的、身手矯捷、能言善道、落落大方……的相反詞是什麼？

就是你，黃愷雲。

「敏榆媽，敏榆媽媽！」有人叫她：「老師請你上台嘍！」

她微笑著，拉平襯衫領口，走向台前。

吳荻只是說說，不會真的打電話給她，反正她們也沒什麼好聊的。

◆

中午她和幾位志工媽媽聚餐。這天為了親師會，她們都把孩子託給老公或其他親戚照顧，難得偷閒的週末，聊得意猶未盡，要喝下午茶又嫌早。餐廳附近正好在舉辦假日農夫市集，有人提議結伴去逛逛，也許可以替晚餐桌上添幾道風味特殊的好菜，擅長廚藝的愷雲是當然的顧問。

正在一處有機野菜攤上挑揀時，有人喲了一聲：

「那不是季揚媽媽嗎？」

愷雲專心挑選：過山貓、青葙、野莧……還有帶著泥巴的新鮮蓮藕和菱角。

另一個人噗嗤笑出來：「哎呀！害我看了半天，原來你說的是另一個季揚媽媽！」

愷雲這才抬起頭來，往她們說的方向看去，果然不是吳荻，而是那位年輕的後母，有型的短髮斜切過臉頰，幾乎垂肩的湖綠串珠耳環，一襲印度風辣椒紅刺繡過膝長衫，黑色七分褲和皮編涼鞋，裸露的手臂叮噹套著一圈圈手環，一手掛著小小的Fendi包，在馬路對面的精品店前，一面舔著甜筒冰淇淋，一面悠哉的散步瀏覽櫥窗，跟在後面五公尺左右，是拿著音樂教室提包互相打鬧的季揚和弟弟，看來是剛上完鋼琴課。

「哎呀！傷腦筋，我差點忘了還有事要處理。我先走一步了。」

愷雲匆匆結賬，眼睛盯住對面那條火紅的身影，穿越車陣朝她走去。

「季揚媽媽！」

程步緯，昨天才在派出所的登記簿上看過的名字，現在她記住了。

步緯轉過頭來，精緻但沒有表情的臉楞了一下，認不得她，倒是季揚跑過來叫她「敏榆媽媽」，那張冷艷的臉才融了冰似的綻出桃花的顏色，孩子氣的自嘲。

「不好意思喔，我真的很不會認人……」

「沒關係。早上親師會發了些資料，您沒來，是另一位……」
那雙水靈的眼睛警戒的閃一下。「揚揚的親媽，她沒去嗎？」
「有有，她來過了，我只想確定她會把資料交給您。」
她聳聳肩。「嗯，大概會吧，我再問她看看。」繼續舔著她的芒果冰淇淋。
吳荻可能也給這小女生吃過不少苦頭吧，愷雲不由得有點同情。
「還有……」步緯沒停下腳步，愷雲只好和她併肩往前走：「謝謝你揀到我的手機。」
她小心不讓自己的聲調露餡，其實上星期她陪女兒去何家送還向季揚借的百科全書時，就看見她遺失的手機躺在客廳茶几上。
「手機？」步緯歪著頭想了一下：「……噢，對了！原來那是你的手機？」
「是啊，大概半個月前掉的，本來以為再也找不回來了，真是太謝謝你了。我想請問你，是什麼時候，在哪裡揀到的？」
「什麼時候啊……我記得那天，是晚上吧？……喂！哥哥，」她叫住走在前面的季揚：「我們騎車遇到火災，是哪一天？」
「就上上禮拜三啊！」
「啊，對了！我們騎車經過那個發生火災的地方，有個女人跑出來撞到我，然後我就看到地上的手機了。」
那天有人往愷雲家門口扔進一個沾滿汽油的著火可樂罐，燒死了她最愛的美人樹，警察還沒捉到縱火犯。

「女人？什麼樣子的？大概幾歲？」

步緯吃完冰淇淋，喀嗤喀嗤啃著甜筒餅乾：

「我不知道。我以為是我鄰居的朋友，可是我鄰居說，手機應該不是她的，沒看她用過。所以我就一直放在家裡。前幾天我先生看到，才提醒我趕快拿到警察局去，嗯，就這樣嘍。」

步緯拍拍手上的餅屑，環釧跟著叮噹亂響。愷雲注意到路人都會回頭多看步緯幾眼。她很想問清楚那位鄰居朋友的情況，可是該怎麼開口好呢？這一大段說詞應該不是步緯編的，她看來沒什麼心機，不像吳荻……

「對了，今天來的，呃，另一位季揚媽媽，怎麼以前從來沒看過她？」

「嗯，她一直住在美國，我和揚揚也是最近才第一次見到她。」

第一次?!

「這次她會回來多久？」

「半年吧，不知道。」步緯加快了步伐，突然又緊急煞住：「噯！那女人，沒說什麼奇怪的話吧？」

愷雲搖搖頭，期望她多說點關於吳荻的事，但是步緯只是指指一處收費停車場，說她到了，男孩們正站在一輛寶藍福斯旁等她。她沒有客套的問愷雲要上哪兒去，需不需要搭便車，很乾脆的說：那就拜嘍。

真是個率直的小女人啊！愷雲想起其他媽媽的評論，苦笑了一下。

今天令人驚奇的事可真多。雖然離家還有好一段路，就走走吧，她得好好理清腦子裡混亂的新訊息。

路樹和車輛都反射著耀眼的金光，人們開心的笑、微涼的風、商店繽紛的招牌和音樂，把街道烘焙出節慶般的氣氛。

目前能確定的是：一、程步緯不是盜取手機相片出賣她醜聞的人。

她突然覺得好笑，先前以為步緯看的是櫥窗裡當季流行的衣服和鞋包，後來才留意到她的視線，原來是在欣賞玻璃上自己的倒影。季揚爸爸——或者該說吳荻的前夫？她見過一兩次，被借調到政府部門的大學教授，個子高大結實，皮膚曬得很黑，經過修飾的不修邊幅，雅痞派頭，看上的女人也都自戀得像孔雀。

其二，女兒喜歡的男生，居然是吳荻的兒子。仔細想想，那對輪廓鮮明的眉眼和高挺鼻樑的確一模一樣，還好沒遺傳到她的矮胖身材……

呵！多年前那個豐滿嬌小、美得不具威脅性的小麥色女孩，國中時每次經過男生班教室，就引起一陣騷動。全校週會時，被訓導主任或老師攔截下來的情書和紙條糖果，十之七八都是指名「吳荻小姐收」。那時港劇旋風正熱，還有人叫她小黃蓉。

她的藍褶裙特別短，鑲有校徽的腰帶也繫得特別緊，好突顯出她早早發育的沙漏身形。被導師訓誡不准和男生相約出去玩，免得影響功課時，她眨著深邃無邪的大眼問：

「如果我成績一直都很好，還可以跟他們出去玩嗎？」

「……」

「這樣太不公平了嘛，老師，難道美麗也是一種罪過嗎？」

台下一片哄堂大笑，老師氣得只能拍桌叫大家安靜，吳荻得意的微笑，朝台下的死黨比個V字。

她不花太多時間用功，成績始終保持在前三名，對於她遊走校規邊緣的小叛逆，師長們只能睜一眼閉一眼。

從不把老師的權威放在眼裡的吳荻，現在竟然變成教授，真不可思議。愷雲以為她會繼承她父親的皮箱工廠，當個能幹的女強人，或是早早嫁入豪門當少奶奶。

她剛才沒聽錯吧，季揚以前沒見過自己的親媽媽？所以她生完小孩就跳上飛機走人？

性教育缺乏的年代，吳荻家裡訂了香港發行的「姊妹」女性月刊，每次她一帶來學校，大家就爭相搶閱。除了看看流行服裝、港星八卦和連載的愛情小說，最讓女孩們感興趣的，是那本小開本雜誌裡幾頁黃色或粉紅色的別冊，刊著諸如「如何才能使他更愛你」、「一起踏入歡愉的祕密花園」之類的性愛指南，女孩們一面讀，一面掩嘴吃吃傻笑。

吳荻會講有色笑話安撫那些還沒搶到書的人：有個女孩去參加化妝舞會，但是她身上什麼也沒穿，只戴了一雙黑色手套穿了一雙黑色高跟鞋，別人就問，你扮的是誰呀？她說，我是黑桃五啊！

吳荻微笑等著欣賞女孩們的反應。有的人在腦中想像那畫面，突然瘋笑起來拼命搥打她，「哎喲！你好黃喔！」腦子轉不過來的人一臉茫然，急著問大笑的旁人那是什麼意思，意會過後怔了半天，也跟著羞紅臉摀嘴笑了。

黑桃五！愷雲想著就好笑，自己當時根本沒搞懂，還滿臉嚴肅的瞪著那些狂笑的聽眾呢！回頭想想，其實吳荻國中時的小聰明還算可愛，不像大學時代的滿滿心機……

新手機響起舒曼的鋼琴曲《兒時情景》，打斷了她的思緒。是丈夫打來的。他帶著孩子和朋友去山上露營了，現在才剛抵達營地，天氣很好，空氣很乾淨，不過有點冷。

敏敏搶著說：「媽咪！我剛才看到一隻藍腹鷴耶！好漂亮！」

小淳在稍遠的地方嗆她：「不是藍腹鷴，我跟你說過三次了，牠體型比較小，尾巴長長的有黑白條紋，是台灣藍鵲，你不要再搞錯了！」

「哎呀！都是藍色的，差不多嘛！老——學——究！」

丈夫在那頭苦笑著排解：「好好好，我們剛才拍了照，回家再查鳥類圖鑑就知道誰說得對了……這兩個小傢伙！」

「要多穿點衣服喔，別著涼了。」她說，「明天晚上我會煮一桌好菜等你們。」

難得讓丈夫和孩子們單獨相處，之前她還擔心小淳不適應新營地，看來是多慮了。不急著回家，還有今天晚上和明天一整天的自由，放自己半天假吧。

她走進一家熱鬧的咖啡館，占到剛空出來的桌子，點了一杯卡布奇諾。假日多的是帶著小孩長輩同行的家庭、情侶或聚會聊天的朋友，帶著筆電和教科書來工作或打盹的獨行俠比平日少多了。人聲笑語沸騰著，這樣更好，她可以偷到更多有意思的零星對話和故事。

剛才孩子們的爭吵，顯現了姐弟倆完全不同的個性，又足夠寫篇好文章，她得先想想再下筆。丈夫帶了新買的Nikon單眼相機，希望能拍到不少好照片。要保持粉絲的黏著度，新鮮感和品質都少不得，可不能辜負網友給她的「教養女王」這個頭銜。

打開筆記電腦，她先記下剛才想到的幾個點子，再連上網路，拿出那隻失而復得的手機。她把手機裡的相片存進電腦裡，再打開簡訊收件匣，朋友的問候，許多廣告、帳單，兩封出版社編輯傳來的銷售捷報和節目通告提醒。

最後一則沒有顯示來電號碼和姓名，只有短短一句話：「**kaya，去死吧！**」

她看了訊息發送日期，只覺頭皮一麻：**9/14，pm 8:17**。正是她家門口被縱火的那一天。

「放鬆吧！你脖子和肩膀這邊的肌肉都太緊了。」

藍的大手像熨斗，緩慢有力的撫平了她肌膚上的每一吋皺摺，從下午就一直發冷的背，總算逐漸回溫。他的手深沉而有節奏地按摩她的脊椎兩側，在她酸疼的後腰眼上使勁，趴在床上的她忍不住抓緊床單，呻吟了一聲。

「忍住別動。你這條經絡塞住了，要先把它疏通。」

強尼哈特曼溫軟的唱著《Lush Life》，這是藍帶來的CD。爵士樂、推拿養生和男人，是藍在工作之餘最愛的紓壓方式，還有做菜。一小時前的橙汁里肌排和烏龍野莧菜飯的清香，還隱約繚繞在唇齒之間。

「對不起喔！週末晚上還把你叫出來陪我。」

「沒關係，反正我今天也沒事。」

「你的龐德先生呢？他最近還好嗎？」

「不知道，我們很久沒連絡了。」

「該不會是……上次飯店那件事？他沒有誤會吧？」

藍手下原本規律的推拿節奏忽然變得紊亂，「不是，和你沒有關係，別想太多……好了，來拔罐吧！」

「發生什麼事了？可以和我談嗎？」

藍從背包裡拿出拔罐工具袋，走回來坐在床邊重重坐下，咔咔咔搬弄指節。

「簡單說吧，他決定回家，回到老婆小孩身邊了。」他的雙手深深陷進髮叢裡：「他被嚇到了。上次周刊的照片，他根本沒被拍到，萬一，他說他怕的是萬一，他的生活就毀了……哼！這樣就落跑了，膽小鬼！」

愷雲起身攏好睡袍的前襟，環抱住他襯衫下瘦而結實的背，哄幼兒般輕輕搖晃著。藍轉過身來，緊緊抱住她，把臉埋進她的肩頭。她知道他哭了。

她一直很喜歡藍，或者說，最初是對他一見鍾情，在外貿人才培訓班開學的第一天，她就被他乾淨的衣著和俊秀靦腆的笑容吸引住了。交往了三個月……也許不算是交往，通常是她主動約他一起去吃飯、寫作業和看電影，甚至還主動吻他……想到這一幕她還會臉紅，事後他才結結巴巴的說，他始終把她當好朋友，但是他恐怕一輩子都沒辦法交女朋友。

這意想不到的坦誠告白，雖然讓她有點受傷，他們的友誼反而更上層樓，也是透過藍，她才認識了曾和藍一起服兵役的丈夫士弘。看到周刊報導她和藍的「緋聞」，士弘還笑到肚子痛。

藍不光是她的「男朋友」，更是她的姐妹淘，能和她分享戀愛的喜悅和煩惱、彼此提供穿著和造型的建議、一起逛街玩木工做料理、幫他們提供裝修房子的意見和設計師、當他們一家人的健康顧問和按摩師，有時還能替她帶小孩。剛失業那年，多虧藍替她出主意，她才沒成為酗酒的怨婦。要不是藍在出版和教育圈都吃得開，她的親子部落格不會有這麼旺的人氣。

她下樓到廚房去，倒了兩杯晚餐開的夏多內白酒，轉身看見藍正走下樓梯，顯然情緒已經收拾好了。

藍向她舉起酒杯：「恭喜！新書又上了暢銷排行榜，厲害喔！」

「還要謝謝你呢！出版社的編輯說，周刊那篇報導一登出來，之前兩本書的銷售量突然跟著竄升，我的粉絲數一下子增加二十萬，部落格點閱率也衝破一千萬了。」

「那個人……要你停筆別再寫的那個，後來還有留言嗎？」

「沒有。」愷雲臉上的光芒倏然消失，猛然喝了一口酒：「說真的，我開始怕了，以前也會有人在網路上放話，或者寄匿名信和大便包裹請出版社轉交，只要不理他，過一陣子就沒事了。但是這次不一樣，搞不好他是來真的……我能感覺到，他離我很近，真的很近。」

藍抱住她發抖的肩，帶她到客廳坐下。

「……還有手機，我想是同一個人，是他偷走的，他一直躲在暗處盯著我！」

「有可能就是他放的火。還是去報警吧？」

愷雲搖頭苦笑，盤起腿，隨手捉來一個薑黃絲綢靠枕，緊緊抱在懷裡。

「要告訴警察什麼？連長相姓名都不知道的某人，很可能是個女人，用網路和手機威脅我嗎？我還不如養條狗看門。」

「那就養隻大狗嘛，反正有院子……」藍呵呵笑了，他養過一隻古代牧羊犬，可惜他的龐德先生對貓狗過敏，只好送人。「你有考慮過暫時停筆嗎？或者只專門寫料理或做家事之類的，像瑪莎史都華也不錯啊！」

「話是沒錯，但是我只會寫這個，都寫了這麼久，很難轉型啊。」

「少逗了，轉什麼型？又不是藝人。那……弘哥怎麼說？」

「他要我自己決定，」愷雲說到丈夫時，就像小女孩一樣嘟起嘴來：「他說我有百分之百的言論自由，只要別讓他的照片和本名曝光就好。」

「孩子們呢？有沒有受到影響？」

「多少有一點。要是我暫時關掉格子，或許那個瘋子就會放手了？」

「有這麼容易嗎？要是一被威脅就收手，那就不像kaya了。你還記得那時和你搶經理位置的那個……姓湯的，是嗎？」

Tony！她怎麼可能忘記！他們是同期進公司的，都從業務部門做起，實力相當，只不過愷雲占了女人的優勢，更懂得討總經理董事長夫人歡心，在美國總公司派來的主管面前表現得既甜美又能幹，替自己爭取到升遷的機會。不認輸的Tony頻頻在公司裡用電子郵件發黑函，指控她用身體交換職務一路爬升，還曾經從大客戶那裡拿到高額回扣，壓榨助理超時工作等等一堆罪名，當著她的面卻友善到近乎諂媚，還譴責發黑函的人氣量小沒擔當。愷雲不動聲色，查出黑函的來源，暗中蒐集了足夠的證據，向上司委婉說明這些惡意指控全是誇大不實，最後Tony只好灰頭土臉的走人。他離職後，她還接過好幾通無聲或用假音恐嚇的電話，把她搞得神經緊張。藍有個朋友是開空手道館的，帶了幾個高壯的教練去「拜訪」Tony，總算結束了長達半年的纏鬥。

後來他怎麼樣了？因為這麼一鬧，他拿不到有利的推薦信，據說求職時碰了不少壁。記得那時他有個才結婚三年的妻子，和不到兩歲的兒子，他還在電話裡說過「要不是因為你，我老婆也不會帶著孩子離開我」這類的話。別人的不幸是她該負責的嗎？

她經歷過職場殘酷的競爭，也能預知公司倒閉，及早抽身。怎麼常勝女王現在退化成膽小鬼了？

她想起兒子愛玩的戰鬥陀螺，陀螺們在一個大塑膠盤裡各自快速旋轉，陀螺相互碰撞時，支撐不住的就會被彈開，出局。發射陀螺沒什麼特殊技巧，也無法事先決定攻擊對象和方向，勝敗多半靠陀螺本身的材質和運氣來決定，就跟人生一樣。

人人都是繞著自己打轉的陀螺，在沒有軌道的生活中忙碌，不經意的碰撞，總有人要出局。不承認人生規則的輸家，挾著怨忿來控訴贏者，這就說不過去了。

至於這個騷擾她的人，只想要她停筆嗎？還是另有目的？寫部落格也不只三四年了，網路上什麼奇怪的言論都有，更尖刻不堪的批評她都收到過，把虛擬的謾罵轉換成真實世界的人身攻擊，這還是第一次。那股黏膩冰冷的強烈恨意，固執地尾隨著她。

自己的人生不順遂，就怪到別人頭上，多簡單！她也埋怨過父母把她生得太平凡太內向，怪他們沒能力讓全家人吃飽穿好，怪他們舉止土氣害她不敢帶同學回家，討厭偏心的老師，深信她的沒人緣都是因為有人說她的壞話……

「啊！有月亮！」

藍長手長腳的伸展在芥茉綠絨布躺椅上，仰望著強化玻璃天窗。透過屋頂棚架的紫藤花影，果然看得見一枚胖橄欖似的銀月。

愷雲挪挪身子，把抱枕放到腦後，也在沙發上躺下來。一方深藍天空和綴著幾縷花影的月亮，像繪本裡美好的插圖。

要是她不曾下定決心改造自己，要是她只因為考試困難工作辛苦就輕易放棄，要是她面對別人的拒絕、複雜的人事鬥爭和金錢遊戲就龜縮，她還能擁有這棟夢想中的城堡和生活嗎？

「前陣子颱風，上頭花架有一邊的木條好像快爛了。」

「明天早上我上去看看，再買些材料來修。院子裡的陽台也有一塊木板鬆了吧？還有那個大門是怎麼回事？你請人鑲了鐵板？還蠻醜的耶！當初我跑了半個台灣，好不容易幫你找到那麼漂亮的雕花鐵門……」

「沒辦法啊，我們這裡有個管區大嬸老說那個門不安全，三天兩頭就來關心，我只好弄塊鐵板來堵她嘍！」

他們同時嗤笑出聲。

「現在警察還真閒啊，沒有壞人可抓了？」

「她也是好心嘛！看習慣了，就不覺得那個門有多難看，少了一些奇怪的路人在那裡探頭探腦，也沒人再丟炮竹或塞垃圾進來，弘哥還說啊，他現在總算可以穿著內衣睡褲在院子裡看報吃早餐了。」

兩個人一起哈哈大笑，差點打翻手上的酒。

「對了，我問你喔，」愷雲側個身，用手撐住頭，頑皮的看著藍：「你對弘哥還會有幻想嗎？」

「你說什麼！弘哥又搞怪了？」

三年前，老公有過一次外遇。

「我不確定，我只是想知道，他現在看來還有沒有吸引力？」有沒有可能，那衝著她來的威脅，其實是丈夫的新對象？

「弘哥的吸引力又不靠外表。對付外面那些虛榮的小女孩呀，只要有錢，慷慨大方又幽默，就連武大郎都會很有魅力。你呀，都當了廣告明星，別這麼保守，一起去夜店玩吧，我會替你保密。」

「哈！跟你一起去？那我肯定只能當壁花嘍！謝了，我對陌生男人沒興趣。」

或是任何男人？工作忙碌，加上持家後養成的潔癖，性交的氣味和黏液愈來愈教她噁心，一年和丈夫做愛不到五次。現在她和士弘的關係，更像是事業合夥人和品味相同的室友。

「你啊，都快成聖女了。」藍打了個大大的呵欠：「反正我的美容覺時間到了，晚安囉！你也早點休息，別想太多了，沒事的。」

「客房裡毛巾床單被套都換過了，缺什麼再跟我說喔！」

這段關係還真奇妙，她微笑望著藍挺拔的背影想。當初是她喜歡藍，藍卻一直暗戀弘哥，最後反而促成這個家的誕生。藍是他們家最重要的祕密朋友，但是對他工作的保守企業而言，他的性傾向仍是不能被公開的。

至於丈夫，因為工作應酬到聲色場所去，她可以理解，因為生理需求而有的小小豔事，她也能大度包容。要是他居然大意得讓外面的女人到她的城堡外叫陣，她可是會強悍反擊的。

外遇，姦情，喜歡窺探他人隱私的人就愛這些刺激的佐料，替自己平凡難下嚥的生活加味。但實情永遠比他們片面看見或想像的複雜得多。

是哪個哲學家說過的：一個人所說的必須是真實，但是他沒有義務把所有的真實都說出來。

而她寫的，除了真實，還加了一些小小的更動和美化。這是從前參加作文比賽和職場競爭時，評審們給她的啟示。

難得丈夫和孩子們不在，很久沒熬夜了。她替自己再倒一杯酒，還沒有睡意，只覺胸口滿滿，有許多的文字要傾洩。

那個躲在暗處的女人，滿滿的怨憤和自卑，多像從前的愷雲！誰也休想叫她停筆，她需要活在掌聲和讚美中，就像魚無法離開水一樣。

她端起酒杯，走到書桌前。沉黑的電腦屏幕上，反射出她靈秀的眼睛和菱角形的唇：是的，人可以改變自己，透過意志力提昇，或者藉由化妝和小小的科技。

打開電源，轉藍的螢幕一閃，換成敏敏和小淳天真的笑臉，背景是南部老家附近空曠的黃綠色田野，和淨藍的新春晴空。那是她童年時極欲擺脫的貧瘠之地，現在她有了錢和身分，才懂得欣賞家鄉純樸悠閒的美。

先上部落格去查看最新留言。昨天分享關於文旦生產過剩，貼上支持在地小農的文章，果然引來不少迴響，小安培媽咪熱血地說她已經打電話去訂了五箱，準備分送給親朋好友，蓁蓁分享了柚子茶和柚皮蚊香的DIY方法，Molio爸爸說他家女兒最愛戴柚子帽，所以他們今年吃了十幾顆，琉璃子提到今年中南部高麗菜也因為盛產跌價，呼籲大家幫助農民，多多購買……

她真喜歡這些網友容易感動的單純善良。有些人她在新書發表會或演講時見過面，有些是學校的家長，採訪過她的記者，一同上過現場談話節目的觀眾，更多的是從未碰面、卻默默追隨支持她的網友。

網路讓人摘掉面具，自在的說出心底話，溫暖的鼓勵或關懷，俏皮的幽默。當然，匿名惡意的情緒發洩也是有的。

有可能，那個威脅她的女人，其實是她見過的其中一個：鄰居、公園的阿嬤、超商店員、清潔公司每週派來幫忙的家務員、載她回家過的計程車司機……誰都可能，她不想再無止盡的猜測下去。

嫉妒，最幽微而醜陋的人性，總是躲藏在陰溼的角落，或是披著廉價華麗的外衣出現。

她一一回覆過網友們的留言，逛臉書關心朋友們的近況，在她的粉絲專頁po了昨天上雜誌專訪的照片和心得，把她欣賞的文章和讀者對她新書的推薦文分享出去，再開啟新文件，順手在鍵盤上打出標題：**當壁花遇見校花**。

唔，這標題夠誘人吧？她抱著膝在轉椅上晃盪著，從哪裡下筆呢？就從敏敏前天和她的對話寫起吧。快十一歲的小女孩，開始嫌自己太胖，眼睛太小，衣服不夠時髦，進不了班上的美女排行榜。但是當上校花又如何？她想起吳荻發福的體型，為掩飾年紀所做的種種努力，事業或許很成功，高昂的笑聲裡，卻迴盪著空虛。

吳荻十五歲時朗朗的歡笑還縈繞在耳邊：「黃愷雲沒跟你們說吧？國二時，有一次她考試太緊張還尿褲子耶！」

還有十九歲的得意：「你不用再打電話給他了。上星期日他跟你說要打工沒空是吧？其實他騎車載我去淡海玩了一天。」

二十二歲的自信：「我知道，你不是故意學我，這件衣服很漂亮，可是胸部不夠大，穿起來就不像我這麼好看。你不覺得嗎？」

當年這些笑聲都像無情的雷擊，把她沒有防備的心敲得龜裂，甚至粉碎。但是今天早上吳荻的笑，像根輕飄飄的羽毛，再也傷不了她。現在她是成熟大度的女人，甚至還有多餘的同情，去原諒吳荻年少時的幼稚狂妄。

青春期的愷雲，過高、笨拙、乾瘦、平胸，一付深度近視眼鏡遮掉了半張臉，還有輕微狐臭。努力用功遵守校規，成績勉強擠進前十名，唯有體育，她再怎麼拼命練習，百米公尺的成績永遠是二十一秒，投籃總是吃麵包。

直到過了二十歲，她突然發現自己的優點是皮膚白淨，短裙和緊身牛仔褲能展現模特兒般的長腿，她改掉駝背習慣，挺起魔術胸罩帶來的自信，走起路像長頸鹿般優雅。她用家教打工存下的錢配了隱形眼鏡，用睫毛膏和口紅來豐富臉上的表情。在校園餐廳和舞會上，男孩們開始注意她了。

孩子，能讓你變美的，不是拿流行的標準來苛求自己，而是了解自己。複製藝人的打扮很容易，但要學會真心欣賞別人，喜歡自己，修正自己的缺點，展現你的獨特，你才能美得更長久……

台大校園裡人才濟濟，吳荻的豪放敢言、前突後翹的嬌小玲瓏、陽光的膚色及南部腔，反而使她成為台北女孩嘲笑的對象：「喔！那個南部來的檳榔妹！」愷雲的白皮膚和輕聲細語，很容易被勢利和自大的台北同學接納了。

她們住同一棟宿舍，在公共浴廁洗衣場或餐廳經常相遇。吳荻加入台南地區校友會，辦了一連串迎新聯誼活動，碰面時隨口邀愷雲參加，笑容友善，口氣卻不是很熱心。愷雲不想和同鄉們取暖，總是藉口要打工或系上有活動，沒空。

大學的社團招生週，五花八門的社團介紹海報看來都很吸引人。愷雲想加強自己的英語能力，也希望改善肢體僵硬和害羞的毛病，決定加入英語話劇社，簡稱「英劇社」。

正坐在桌前填入社資料時，吳荻挽著一個女同學晃過來，對著攤位上手寫的大海報吃吃笑：

「英劇社？這名字還真搞笑，我還『陽具社』咧！」

只見旁邊幾個長髮的氣質女孩都微微皺眉，假裝沒聽到，保持距離從她身邊繞過，被她拉住的女孩藉口要去看看隔壁的愛樂社，甩脫了她。只有桌子後方幾個學長狂笑不已：

「哇！好麻辣的小學妹！來來來，英劇社就需要你這樣的人才！」

吳荻正轉向這邊，愷雲連忙低頭研究社團歷年公演劇目：莎士比亞、王爾德、田納西威廉斯……

「咦！黃愷雲，你也來了？」

吳荻拿了一張入社表格，拉開她身邊的鐵摺椅嘎吱坐下。愷雲乾笑一聲：

「對啊！你參加了幾個社團？」

「欸，我算一下喔：山服、大學論壇、電影、法研、動漫……系學會和南友會不算的話……」吳荻扳著指頭咕噥：「五個，這是第六個了。好多社團看起來都很好玩，我想都先試試看耶。你呢？」

「……唔，兩個。」

其實只有一個，社團都要交入社費，愷雲先打過算盤後才選定。

吳荻學聖誕老公公呵呵笑：

「你有看過『千面女郎』的漫畫吧？搞不好我們也可以演茶花女或紅天女……」

是故做天真還是無知呢？她暗自期待吳荻對英劇社很快就失去興趣。

可惜其他社團吳荻混不到半學期，不是嫌無趣，就是學長姐態度冷漠，或者太像交友聯誼社，卻在英劇社待了下來。她不在乎那些台北女孩的排擠，仍然堅持自我，認真的參加語言和肢體訓練課程，學習製作道具和燈光音效，也靠著生動的演技爭取到幾場大戲的重要角色。在舞台上是脆弱做作的Blanche或凶殘的魔女Medea，課餘時窩在社辦和大夥兒抽煙玩牌說笑，騎車飆大度路夜遊，或徹夜在「太陽系」看經典電影錄影帶。

葷腥不忌的爽朗，讓她和男生們打成一片，即使在女生之間風評不佳。吳荻很快又重拾過去受矚目的地位。

……喜歡光亮的不只有蛾，人也一樣，我們被光吸引著，離開自己的家鄉，到明亮擁擠的遠方去尋找新的機會和伴侶。和昆蟲不同的是，我們渴望自己也能發光，被他人讚美，但是讚美和鑽石一樣，有真有假。

蒼白如幽魂的愷雲，一直沒有上台的機會。她是台下的螢火蟲，悄悄用手電筒為遲到的觀眾照亮走道和階梯，後台的化妝和服裝需要幫手，她可以隨時上陣跑腿。

但是真正讓她發光的，還是從一次沒人知道的詐騙事件開始。

大二上期中考完，愷雲和一位老同學相約在新公園見面，順便去重慶南路逛書店，再去中華商場的點心世界吃午餐。之前她和室友搭公車去過兩次，有自信不會搭錯車。

她坐在公車上，心情舒暢的飽覽窗外街景。下了好幾天溼冷的冬雨，難得放晴的週末，窗口送來一波波滌淨的涼風和熱鬧的街聲。

在台北住了一年，她漸漸習慣了擁擠的樓廈，熱鬧的馬路和噪音，紛亂的廣告招牌和路人的穿著姿態，都洋溢著馬戲團的活力，這個剛發芽的新鮮城市令她著迷。

後座有一對中年外省夫妻在高聲爭論，到底是老天祿的鴨翅還是鴨舌頭好吃。

「唉喲！老人家牙都不行了，還是買桃酥好了。老天祿是準備孝敬你自己吧？」

「桃酥黏牙，甜的咧！你忘了她有糖尿病？」

「那不都別買了，空手到你好意思？」

「才要你想想嘛，她老說想吃點心，不甜的，綠豆糕茯苓糕呢？」

「……啊呀！糕你個頭！都過站了啦，下車下車！」

只見兩個拎著大包小包的胖墩墩背影匆匆往前擠，紅燈前一個急煞車，公車走道還有點溼滑，他們就像保齡球一樣溜溜直滾到司機後方的護欄，站定之後就哇啦哇啦罵起人。

那對活寶下了車，愷雲忍不住跟著其他乘客吃吃竊笑，順眼往窗外一望：「信義路五段」。咦！奇怪！這班車不是直行羅斯福路嗎？

也許改新路線了，會從另一邊繞過去吧，能到得了火車站附近就好了。她可不想像剛才那兩人一樣慌張，變成別人的笑柄。

車子繼續往前奔馳。這部車會開到哪裡？該去問司機嗎？她不安的在車廂裡張望，看見前座的窗上貼著一張路線圖，她遲疑幾秒，才鼓起勇氣站起來。

她瞪眼看著清印刷模糊的字。完了！真的搭錯車了，天曉得，這班公車路線還分左右！

她強自鎮定，挺直腰，拉了鈴，努力用優雅平靜的步伐下車。

這是哪裡？放眼望去，除了幾棟三層樓高的公寓和破舊的平房，四周盡是灰綠的稻田和菜園，有的荒地還長滿了比人高的芒草，或是圍著生鏽的鐵絲網，簡直是鄉下嘛！要怎麼回去呢？還好她刻意提早出門，剩下二十分鐘，應該可以趕得到。

她穿越車輛稀少的馬路，走到對面的公車站，一隻隻站牌看過去：還好，有兩班車可以到台北車站。

雲層遮沒陽光，空蕩蕩的行人道上颳起冷風，除了她沒有其他人。她抱著手臂不停跺腳，安撫自己，車子很快就會來了。

遠遠走來一位阿桑，微胖的棗紅厚呢舊大衣和低跟鞋，挽著一隻肩帶磨損的黑色大皮包，用慕絲定型的短鬈髮像頂鋼盔。

她先一路勘查過每隻站牌的路線，似乎被搞糊塗了，只好來問愷雲：

「小姐，借問一下，你敢是要去頂好市場？」

「沒喔，我要到台北車頭那邊。」

多皺紋的臉笑開了，露出嘴裡深處的一顆金牙。

「啊，太好了，那我就跟你等同一班車。阿姨眼睛不好，公車幾號看不清楚。我看你打扮架時髦，還以為你要去頂好逛街呢！」

頭一次有人稱讚她時髦，她有些飄飄然，在「主婦商場」新買這件草綠卡其長外套單薄了點，還是跟得上這季的軍裝風。

「你還在讀書喔？讀哪間學校？」

「台大。」她放輕了聲音，避免洩露出炫耀的意味。

「啊唷！架厲害！你一定很會唸書厚！生得水又會讀書，真不簡單呢！……不過，我看你一定都很晚睡吧？最近是不是比較緊張，學校考試很多，晚上睡不好？」

說得真準！「是啊，你怎麼知道，看得出來？」

「一看就知道了。以前我女兒也是，每次要考試了，就像你這樣額頭下巴都長青春痘，沒睡好，眼睛就變黑輪，本來水水的皮膚變得很醜。你看！」

她從皮包裡掏出一本照相館贈送的小相本，翻開來，先是一個女孩的半身照，微黑的臉上略有痘疤，還有眼袋，唯一可取的只有燦爛稚氣的笑容。

「這是她唸專科學校的時候，不太好看喔！」再翻到下一張，同樣的眼睛鼻子嘴巴，只是齊耳短髮留長至肩，年紀大了五歲左右，皮膚卻白淨細嫩，含笑的雙眼明亮有神。

愷雲不由得驚歎：「哇！這也是她嗎？變得好漂亮！」

「是喔！大家都這麼說。所以啊，女孩子把皮膚顧好最重要了，現在追她的男生一大堆哩！」

阿桑戀戀看了照片幾眼，才把相本闔上，望向馬路：「車來了嗎？」

她跟在阿桑後面上了車。阿桑擠進雙人座，回頭招呼她：「來啦！做伙坐啦！」

接下來的路上，阿桑很好心的推薦她吃珍珠粉，擦日本進口的淨痘乳霜，還有法國的名牌眼霜，一一從大提包裡拿出來，開了罐給她試塗在手上，觸感輕柔滑順得像羽毛，因為她女兒用了非常有效，所以很多朋友託她在委託行代買，現在她正要拿貨去給朋友。還有多買的一份，準備帶去給她住校的二女兒，但如果愷雲想要的話，她可以先讓給她，反正她有門路，隨時能買，而且這些原價要兩千八，她跟老闆很熟，可以用優惠價拿到兩千。

愷雲在心裡惦了惦荷包。這兩個月來，她試過各種除痘藥膏，還是除不掉這些突然冒出的惱人痘。

昨天才剛領家教費，但是變美的機會不是天天有，應該還出得起。

她獨立生活後學了點殺價的技巧，用遺憾的表情說她身上錢不夠，只有一千八。

「這樣啊？」阿桑嘟噥著：「錢不夠，這樣我也不划算……不然這樣，今天阿姨相信你，台大的都是好學生嘛，一定是老實人，跟你拿一千八就好了，我抄個地址給你，下次你再把剩下的兩百塊用匯票寄給我。」

愷雲在公園路下了車，揣著懷裡的小紙包，心情非常雀躍。這可是她生平頭一筆划算買賣啊！只付了一千八，她沒留下自己的聯絡方式，只承諾一定會寄錢，用不著老老實實的寄兩百塊過去，雖然對那位阿桑有點抱歉……

在約定碰面的噴水池前，還沒看到朋友。她打開紙袋，想聞一下剛才試用過的乳霜香味。

拆開包裝盒一看，竟然是裝滿細沙的玻璃罐和小條牙膏！

怎麼可能？她被騙了，還自以為占了便宜！她努力從羞憤的高熱中冷靜下來：明明看見阿桑把試用過的乳霜裝進小紙袋裡，什麼時候調的包？

笨蛋、笨蛋、笨蛋！黃愷雲你這個笨蛋！

她強顏歡笑面對遠遠走來的朋友，自尊心不允許她訴苦。理性聰明的優等生被土裡土氣的阿桑騙了錢，傳出去多丟臉。

回到宿舍，她躲在棉被裡哭了兩個晚上。第三晚她不再哭了，瞪著天花板黯黃的水漬，試圖回答自己前兩天的疑問：為什麼會這麼容易上當？

她回想阿桑的每個動作表情和每句話，一遍遍的分析。她還到圖書館借了推銷心理學的書研讀，不由得佩服起女騙子的功力：就算不看書，也沒有了不起的學位，她倒是很懂人性啊！

積極求知的愷雲讀遍了她所能找到的大眾心理學書籍，同時在生活中做了各種語言實驗，她的朋友漸漸的多了起來。許多人來找她傾訴「一定不能別人說喔」的心事，或是邀她郊遊參加派對。社團排練休息時，她從沒閒著，總有人來央她看手相或用星象觀測考試和戀愛運勢——其實她只看過幾本《手相分析》《三分鐘學會戀愛星座占卜》和一本從日文翻譯的《不可不知的冷讀術》。

◆

寒假回家過年，有個壞消息等著她：在農會當職員的父親十年前替老友作保，向銀行貸款八百萬，結果老友生意失敗，全家逃到國外避債，現在父親只能負起責任償還。家裡經濟有困難，大哥大嫂按月寄回來的錢也只夠兩老和唸高中的弟弟花用，如果她還想繼續唸大學，就得完全靠自己了。

愷雲盤算著：國立大學學費便宜，但是住宿費加吃飯交通，光靠她目前兩個家教，收入還是不夠。系上功課很重，就算完全不參加社團和課外活動，她的時間還是有限，沒法再多兼幾個家教，除非她每天只睡三小時……

正在為難時，來拜年的表姐提議她加入美容產品直銷的行列。

「根本就是老鼠會嘛！」聒噪的表姐走了之後，母親不屑的說：「阿芳那隻嘴胡溜溜，什麼一個月賺三十萬，一半以上都是從親戚朋友褲袋裡挖出來的！現在大家都怕看到她，你還傻傻的聽她講半天，買了歸大堆，真是討債……」

桌上的瓶瓶罐罐，全是被表姐半哄半送買下來：美白、除痘、除斑、控油去角質、保溼平衡和深層清潔，還有一套基本的彩妝組──至少裡面裝的不是沙子或牙膏。

接下來的兩星期，她很認真的用保養品，還做了筆記，並且分析直銷DM上的產品成份和成為銷售人員的條款。開學回到台北，好幾個同學都說她痘痘少了，變漂亮了，她這才決定踏入直銷業。

一開始她很低調，沒太依賴銷售手冊上的指導，也沒讓太多人知道她這份兼差，因為做直銷把朋友全嚇跑的例子她聽多了。害羞、怕被拒絕的本性，使她更謹慎的挑選對象和開場白，有七成以上的把握她才主動出擊。

她在新交舊識之間繼續扮演心理諮商和半仙，專注的傾聽，適當的表情和引導。等到對方盡情傾吐，請教她該如何解決的時候，她會委婉的問：「你有沒有想過，讓自己變得更美，也許，他就會重新注意你？」看到對方有點動搖時，她再提供具體建議：如果能「把你臉上這些小雀斑遮蓋或讓毛孔縮小」、「換個偏紫色的口紅和眼影」、「頭髮能變得更光滑柔順，分岔少一點」，整個人看起來更清爽有自信，就「有百分之八十的可能會讓事情更順利」。

在英劇社，她主動接下服裝化妝組組長的重責。替演員們化妝做造型時，用的全是自己掏腰包買的產品，刻意把商標擺出最醒目的位置，同時用她在百貨公司化妝品專櫃免費學來的小技巧，去突顯出每張臉最美的特點。

宿舍裡的女孩們要參加舞會或聯誼時，她會熱心幫忙化妝和搭配衣服。大出風頭的灰姑娘們回來時，往往還怔怔微笑的盯著鏡裡美麗的自己，捨不得洗臉，這時愷雲會貼心而溫柔的提醒：要記得把妝卸乾淨再做好保養，不然皮膚會變差喔！

當然她也有祕密的商業小技巧。如果有人婉謝她提供的化妝品，堅持要用自己的其他品牌，她會讓塗上臉的蜜粉變得像泡芙，或把睫毛膏變成結塊的麥芽糖。當事人不滿意的看著鏡子時，她再出動自己的獨門法寶來補救。

一邊撒下願者上鉤的魚餌，一邊去參加各種學生聚會，擴展人脈，再贏得更多友誼。短短半年，她賺的比當初設定的目標還多出好幾倍，不但在銷售員大會得到表揚，存下來未來幾年的學費和生活費，剩餘的錢還可以寄回家裡幫忙還債。

整棟宿舍裡始終沒讓她做成生意的，只有吳荻。她用的是昂貴的進口名牌化妝品，皮膚也一直好得令人嫉妒，她的化妝手法很熟練，完全用不著愷雲的「服務」。

有一天，她很稀奇的上門來拜訪，一開口就訂五套彩妝組。

愷雲還是頭一次這麼快速的做成交易。她俯在桌前一面填寫訂購單，心裡的收銀機歡快的叮噹響。

「嘿！這樣你可以抽不少佣金吧？我們來互相利用一下，」吳荻沒錯過她藏在眼底的雀躍，遞過來一疊影印的手寫傳單：「你現在認識的人多，幫幫忙，把這些傳單發出去。」

只見黃色的傳單上，一張扭曲的網子零落的掛著這些字：

曖昧的河流，與魚
小劇團還在蛋裡開團搬演
依舊叭叭黏舞躍死叭日暗瞑漆典正
在震星草坪上撼動星月

愷雲看了一遍，又唸出聲。

「這是什麼？」

「我們新成立的小劇團。」吳荻抬手撥撥額前的瀏海，水藍無袖背心的腋下露出若隱若現的蕾絲花邊：「我退出英劇社了，演那些老掉牙的經典名劇，觀眾都快睡著了，要怎麼被教育？」

好有抱負喔。愷雲想，她坐在台下時，只會注意演員臉上的妝夠不夠突顯，粉底眼影有沒有脫落。

「是喔，你們有幾個人？」

「八到十個吧，還是十三個？……噯呀！不重要。這批化妝品過幾天可以拿到？劇團要用的。」

「等下我打電話訂，後天可以到。」

愷雲俐落的寫好收據交給吳荻，再拿起傳單細看：

「這齣戲到底演些什麼？傳單寫成這樣，我完全看不懂，『憾動』的憾，應該是提手旁吧？」

「噯喲！你又不是中文系的，幹嘛找碴？傳單就是要這樣寫才會引人注意啊！至於裡面演些什麼，嘿嘿……才不告訴你！到時來看就知道了。」

「欸，那『還在蛋裡』是什麼意思？劇本還沒孵出來？還是團名？」

吳荻站起來清清喉嚨，伸直背脊，踮起腳往前跨出一步，微仰起頭，用眼神捕捉空中懸垂的蛛網，緩緩抬起隱形的翅膀飄上看不見的舞台，全身被起乩時的迷霧籠罩，用磁性的戲劇聲調吟哦：

我們假定我們一定是被孵育著。想像那好心的禽類的模樣。

我們在學校寫作文　描寫那孵育我們的

禽類的顏色和種屬。

不過我們的頭上有個頂蓋。

萬一我們不是被孵育著呢？
如果這殼永遠破不了呢？
如果我們極目所及
只是自己的塗鴉，且永遠如此呢？
我們希望我們是被孵育著。
在蛋殼的外面，可能有人餓了
並把我們敲開，倒進鍋裡，撒點鹽……
那時我們將怎麼辨，蛋裡的同胞們？

吳荻以極慢速放下高舉的雙手，如巫女冉冉降回地面，下巴一縮，重回凡間，雙眼明亮，直視迷惑的愷雲。

「怎麼樣？和以前的戲很不一樣吧？一定要多拉點人來捧場喔！」人多的地方決不可錯過，這是愷雲的工作守則之一。再說她也要檢視自己交易後的成果。

吳荻握住門把正要離開時，突然想起什麼，回眸一笑：

「對了，姚子也在我們劇團裡。你最好別再打電話給他了。上星期日他跟你說要打工沒空是吧？其實，他騎車載我去淡海玩了一天。」

她輕俏的搖著碎花裙擺走了，留下錯愕、羞辱和憤怒給愷雲：這算什麼？戰帖嗎？搶走別人的男朋友，再向她買東西作補償？

一氣之下她差點撕了訂單，但是理智立刻出手阻攔……姚子還算不上是她的男朋友吧？只是單獨出去吃飯看電影，接吻過兩次而已，還沒讓他的手探進自己的領口裡。雖然他的眼睛和嗓音很溫柔，但聽說對女孩子也很隨便。

她忍住眼淚，挺直腰桿：哼！我才不在乎呢！

演出那天，傍晚突然下起雨來，劇團只好移到思亮館的中庭廣場演出。

起初席地而坐的觀眾大約有二三十個。克難的燈具和發電機一直不能順利運作，只見姚子滿頭大汗的奔忙，清俊的臉上沾著狼狽的油汙。吳荻和三個上了妝的演員穿著黑T恤和牛仔褲，排排坐在觀眾面前的木箱上，像套住絞索的布娃娃般垂頭等待。

愷雲坐在最暗的角落裡冷眼看著。有兩三個觀眾等得不耐煩，起身走了。

最後他們決定不另外打光，只靠中庭昏黃的照明燈出。團長向大家聲稱，是為了「徹底顛覆劇場元素，讓劇場走入現實」。

台上四個黑衣演員開始扭曲蠕動著身體，慢慢抬起臉來。

愷雲差點驚駭得笑出聲來：他們居然把七百五十元的粉底霜整盒塗在臉上！吳荻起碼用掉半隻口紅，畫出一張小丑的血盆大口，還有左邊那個竹竿似的男生，居然用紫色和咖啡色眼影在臉上刷出一大片不知是蝙蝠還是老鷹的胎記！

和驚悚的化妝相反，演員用平板的聲調背誦著《三民主義》，或是唱著大家熟悉的愛國歌曲，像機器人般走動換位。十分鐘後，新鮮感不再，貧乏的場景和無意義的台詞繼續著，又陸續走掉了八九個觀眾。

一個老校工提著桶子和拖把走過來，扯開嗓門趕人：「關燈了！統統回去睡覺！」演員們繼續面無表情的扭曲身體唸台詞，姚子和團長拖住準備關燈的校工理論，幾條在燈下拉長的混亂人影疊印在演員身上，觀眾以為這也是表演的一部分，還津津有味的欣賞著。最後燈光全熄了，靠著微弱的路燈勉強演完時，僅剩的四五個觀眾中響起稀落的掌聲，又尷尬的煞住。

過兩天，愷雲經過校門口時，又看到這齣戲演出。演員們臉上不再化妝，中間還穿插幾段激昂的演說和口號：「政府殺人！」「打倒權威！」「公平正義！」。

台下的觀眾顯然比前晚更知音，跟著台上的麥克風忘情吶喊。令他們激動的不是戲劇本身，而是被邀請擔任主角的狂喜，和擴張肺活量帶來的快感。

接下來的那些年，校園和外面的街頭騷動著浮躁的浪花。愷雲是站在岸上勤奮的拾金者，偶然朝洶湧的學潮河流望去，總能看見吳荻和她的夥伴們在浪頭上浮沉。

吳荻不再踩著高跟鞋穿女性化的衣裙，幾乎不化妝了，一身寬鬆的棉布襯衫和牛仔褲在遊行隊伍或廣場帳棚間穿梭，剪得極短的亂髮，睜著睡眠不足的雙眼和人爭論，或趴在總圖桌上啃原文書。

後來她才意識到自己永遠追不上吳荻，她的鼻子對風向很敏感，總能搶先一步，奔往眾人的目光流向。不要緊，愷雲擁有的，是一隻讓自己永遠不敗的筆。

昨天一位好友告訴我，她遇見了多年不見的中學同學，這位同學當年是非常受歡迎的校花，如今老了，沒那麼美了，婚姻也早就結束。她訴說著單身的忙碌與快樂，當她告別時，表情卻是寂寞的。

不論是校花或壁花，都會有屬於自己的幸福時光啊！好友感歎著：她是清晨盛開的牽牛花，而我是越晚越美的夜來香。

愷雲重新看一遍剛寫好的文章，在相簿檔裡挑了張前幾天在院子裡拍的非洲堇特寫，深紫紅色的花瓣鑲著金黃邊和紋路，彷彿一張笑盈盈的臉。

再按幾個鍵，等待相片和文章上傳到部落格時，她伸個懶腰。窗外有隻虎紋貓豎著柔軟的尾巴，叨著一隻吱吱掙扎的老鼠，從牆頭輕悄走過。

# 南方的交流

■今年，一月十八日，彰化二林■

收音機裡的氣象預報說，明天會有強烈冷氣團報到，中南部地區氣溫有機會下探十三度，請大家注意保暖……最好是啦！

芳惠把店裡的風扇開到最強，從冰桶舀出一大勺冰塊放進裝滿調味紅茶的搖搖杯，順便塞兩顆到嘴裡。前胸背後和腋下仍然鬧著水災。沒有時間擦汗，店門口等著解渴的學生有一長排呢！

過了午餐後的尖峰時刻，芳惠終於能坐下來歇歇腿。電台播放著蔡依林輕快的最新單曲，她把音量鈕旋大一點，扭動肩膀跟著哼唱，下次去KTV可以點這首。要不是挺個大肚子，把舞步也學起來就更讚了……

「喂！頭家娘有在嗎？」自助餐店的小瑩笑嘻嘻拎著兩盒便當走進來，「來呷飯嘍！」

「啊喲！怎麼還麻煩大小姐送飯來，要不要喝杯涼的？」

「誰教你嫁了好老公啊？剛才打電話說他趕不回來，怕你餓到昏倒了，要我先送便當過來。嗯……我要大杯的珍珠奶綠。阿姨今天不在家啊？」

芳惠打開高壓沖茶器，從冰箱裡拿出過濾水製作的冰塊：「去拜拜了，小牛妹半夜老是哭醒，帶去師父那裡收驚。出去也好，家裡清靜多了。」

「喔，你們家大姐還真好命！平常沒工作，回娘家也不用顧小孩，剛才還在『全家』

看雜誌玩手機哩！」

「咦？怪不得，去外送那麼久還不回來。」

芳惠有點擔心，她該不會把剛收到的錢拿去買大樂透了吧？昨天阿誠說，大姐戶頭裡的錢好像被姐夫領光了，所以兩人才會吵得那麼厲害。大姐又沒工作，哪有什麼錢？還吹牛說她靈感一來，買彩券都會中獎，見鬼咧！買一千中兩百有什麼好高興的？

小瑩坐在杷檯椅上悠轉著，咕嘟咕嘟吸著粉圓，超短熱褲下兩條白筍筍的大腿翹得老高：「……聽我爸媽說，你們大姐最近變得怪怪的，是不是撞到髒東西了？我還以為她一直都那樣。」

芳惠抬起茫然的臉，嘴裡含著油汪汪的白飯：「哪樣？」

「嘎，你都沒感覺喔？今天那麼熱，她還穿高領的毛衣，跟她說話，她的眼神老是飄來飄去，莫名其妙就嘻嘻嘻的笑。昨天她在菜市場遇見我媽，就說我媽背後有個小孩在哭，要我媽牽好他帶回家，找師父超渡。大白天的，我媽根本什麼鬼也沒看到……哎呀！反正就是有點怪，我爸說她以前愛看書，不愛講話卻很能幹，怎麼現在變這樣？」小瑩翻個白眼，用食指在太陽穴上轉了一下。

「也許是和老公吵架，她最近心情不太好吧？」

芳惠想，這小瑩也太八卦了。大姐有過餐廳工作的經驗，挺會和客人說笑，手腳還算俐落，愛上網，也很愛從租書店借小說和女性親子雜誌回來看。不過那件紅藍雜紋毛衣她穿了兩三天，下面搭件長到腳踝的粉綠荷葉裙或寬大的運動褲，可能是為了遮掩姐夫打她的傷痕吧？阿誠說過他老姐有陰陽眼，小時候常看得見別人看不到的東西。不過婆婆說她八字輕，這種事少跟外人說，免得招邪。

大姐很有個性，高職畢業以後就一直在台北工作，台北人穿衣服都愛新奇，大姐的模樣讓鄉下人看不順眼，也沒什麼好奇怪的。

芳惠比較在意的是大姐的衛生習慣不佳，還有婆婆老是塞錢給她。去年她和阿誠決定開店時，婆婆一毛錢也沒替他們出過。

早上開店前，她先提著洗衣籃到每個房間去收髒衣服，打算一起丟進洗衣機裡。到了大姐房門口時，先聞到一股小孩尿騷混合著成年女人的汗酸和經血嗆味，從開了一條細縫的門邊看去，只見拉下窗簾的昏暗房裡，露出半截白肚皮的大姐側躺著，正在給小牛妹餵奶吧？等眼睛適應了房裡的光線，才看見到處亂疊著衣服書本，還有一坨坨的髒尿布和用過的衛生紙、半空的零食袋和似乎染著血的衛生棉。芳惠一陣反胃，急忙衝進旁邊的浴室裡。

她跟阿誠說了，他往水槽啐了一口牙膏泡沫：「別管她啦，她沒衣服穿了就會自己洗，受不了就會自己打掃房間，你那麼有潔癖幹嘛！」

光想到那個噁心的魔窟，芳惠就沒法放心把沖茶的工作交給大姐。

早就跟阿誠說了，大姐這趟回娘家不知道要待多久，又不好使喚，不如請個勤快的工讀生，她四月就要生了，遲早都要找人來幫忙。但阿誠就是想省錢，還說是媽的主意，讓大姐有點事做，免得胡思亂想……有什麼好想？和姐夫吵架打架不是新聞了，賭氣帶女兒回娘家也不是第一次。去年夏天她待了一星期，每天閒晃玩手機，或是到隔壁租一堆小說漫畫打發時間，等姐夫一通電話來，立刻扔下書，開心的回台北了。

這次她說一定要等姐夫親自來接，恐怕有得等了，老招用多了總會失靈。

「……阿誠的姐夫是做什麼的？住台北光是租房子就很花錢了，還要養不工作的老婆小孩，應該賺不少吧？」

「好像在電腦公司跑業務吧，每次來都開名牌的進口車喔！好像也蠻會炒股票的，上次他報了張明牌給阿誠，結果阿誠沒買，現在都漲二十塊了！好可惜唷！」

其實她只見過姐夫兩三次，他的口氣和手勢都給人亮閃閃的印象。

「哇！好好喔，到底要怎樣才能嫁到這麼會賺錢的老公，我也好想學一學！」

芳惠用眼睛店裡店外巡了一回，這才指著肚皮，低聲對小瑩笑說：「這有什麼難？只要看準對象，靠這個就行了。」

小瑩吃吃笑了：「嗳喲！真敢說，那你怎麼沒嫁個有錢老公去當少奶奶？」

「沒辦法啊，誰教我被愛情沖昏頭？……啊！不說了，有客人來啦！」

芳惠堆起笑容，迎向剛摘下安全帽的中年女人。小瑩也順勢起身：

「那我先走了。」

她還沒走出騎樓，就見到薇薇在烈日下更顯膨脹的身影，披著一頭新燙得毛燥的黃髮，兩眼直視，步履輕飄飄的穿越馬路走過來。

小瑩向她走近，甜笑著招呼：「嗨！大姐回來啦？」

薇薇似乎沒有聽見，依然兩眼平視，嘴中唸唸有詞的直走進店裡。

哼！真是怪胎！小瑩朝她背後啐了一聲，甩甩短髮，左右注意著疾馳的車輛，三兩步鑽進對面樓房的清涼陰影下。一個穿綠制服的超商店員匆匆和她擦肩而過，衝向剛送走客人的芳惠。

「啊恁姐阿咧？」

「剛轉來，在樓頂啦，啥咪代誌這麼緊張？」

年輕男店員臉上的青春痘漲得更紅了：「歹勢，伊剛才從我們店裡拿東西沒有付錢……」

◆

結果芳惠用五百元付清了薇薇從裙子裡掉出來的書本雜誌和洋芋片，早上請她外送的錢也沒了，薇薇堅持她早上根本沒去外送，芳惠只好打電話去問，對方的確收到飲料，也付過錢了。

「大姐是怎麼了？她最近真的愈來愈奇怪，半個鐘頭前還好好的，突然就變了個人，什麼都不記得……喂！要不要叫她去看醫生？」深夜裡，芳惠記完今天的收支帳目，推推坐在床上看NBA實況轉播的阿誠：「欸！人家剛說的話你有沒有在聽哪？」

「有啦！哦！水啦！」

場上的林書豪在對手包夾下，仍然快速切進禁區投籃得分。

趁著畫面重播剛才的精采慢動作，阿誠伸過手來揉揉芳惠的肩膀：「辛苦你了老婆，要不要幫你抓龍？」

芳惠打掉了他的手：「喂！我孕婦耶，不要亂拍肩膀或按摩啦，會動到胎氣……喂！我剛才說的事，要不要跟你媽說？」

「再看看吧。」

阿誠一臉無趣的喝起冰啤酒，走廊的盡頭突然傳出小牛妹淒厲的嚎哭，只聽見婆婆拍著對面的房門，沙啞的聲音迴蕩著：「怎麼啦？囝仔安怎啦？」

「沒啦，跌倒了。喔！不哭不哭，惜惜……」

他們豎著耳朵聽了一陣子，孩子的哭聲漸漸消失，薇薇朦朧輕唱兒歌的聲音斷續飄來。

「我看還好吧，老姐還蠻顧囝仔的，應該沒問題。媽說早上姐夫有打電話來，大概禮拜天就會來接她們回去……唔，我的寶貝還好吧？」

阿誠的手又伸過來，放在芳惠隆起的肚皮上。芳惠突然喊了一聲：

「啊！快看，就是她！」

阿誠順著芳惠的手，看向正在播廣告的螢幕：「什麼？」

「哎呀，沒了。大姐說，她有朋友在徵信社做事，她每天帶著小牛妹和相機去店或百貨公司，偷拍到藝人或上電視的名人照片，託朋友幫忙賣給周刊社或蘋果日報，賺了不少錢呢！剛才拍洗髮精廣告那個女的，她說她就有拍到過，賺到三千塊。」

阿誠先是呆望著芳惠，隨即爆出一陣大笑，抱著肚子在床上誇張的滾來滾去。

「幹嘛啦？你發什麼神經？」

「哈哈哈……笑死我了！你怎麼這麼好騙？」

阿誠總算重新坐好，屈起一條毛腿，一手拿啤酒，一手摳著腳底的死皮：「我姐蠻奸的，小時候我被她騙過好多次。有一次過年回阿公家，她騙我說阿媽給她錢了，叫我一起去柑仔店買糖果，等我們挑好糖果，老闆問：啊錢咧？她就指著我說，弟弟有，然後自己就跑了。靠！要不是我跑得快，早就被老闆抓到打一頓了！」

「厚！她很聰明嘛！那她說看得到鬼，也是騙人的？」

「啊哉！看不看得到都沒差，反正鬼又害不到我。我媽就信啊，說什麼慈雲宮的師父跟她講，這個女兒是觀世音旁邊的婢女投胎，有仙骨，要我媽好好奉待。小時候跟我姐搶東西或吵架，媽一定先處罰我，很偏心，還好老爸沒那麼迷信，不然我還以為我是外面揀回來的。」

「好可憐喏！」芳惠輕撫著阿誠的脖頸，臉頰偎上他刺渣渣的平頭：「可是人家更可憐內，今天扣掉大姐的那些錢，還賺不到五百塊。你明天幫我顧店好嗎？」

「再說啦，明天送貨，早上我還要跑兩趟車咧！」

阿誠兩眼盯著重新開賽的籃球場，一手從下方探進芳惠的寬大T恤裡。不久兩人就呼吸急促的交纏在一起。阿誠扳過芳惠的背，讓她的大肚子安頓在棉被堆上，自己從後方挺進，隨著畫面上球員的節奏快速衝刺，芳惠的呻吟一波高過一波，即將爆發上籃時，她突然發出一聲恐怖的尖叫，把阿誠嚇得縮了回去。

「有人……在偷看！」

原本緊閉的房門不知何時開了個小縫。阿誠套上短褲，跑到門外查看。深長的走廊熄了燈，茸茸的一片黑。

「沒人啊，你是看到鬼喔！」

「真的有！我看到兩粒眼睛在門口，還是金金的，一直看著我！」

阿誠鎖上房門，回到床上，摟住渾身抖索的芳惠：「還金的咧，好啦，沒事啦！」摩挲她後背的手粗魯的又往下突襲，芳惠一扭身，重新穿好衣服，重重躺在枕上，把被子拉起來緊裹住自己：「不要啦！我要睡了！」

阿誠啐出一個髒字眼，熄了床頭燈，恨恨的靠在疊起來的枕頭上繼續看籃球賽。但思緒一直飄盪著：剛才走廊裡真是全黑的嗎？好像有朦朧的紅光，是樓下長明燈的影子吧？

腦子裡閃現過一個畫面。姐姐站在廚房裡，大約才五六歲，忽然轉過頭來，滿嘴鮮血的對他微笑……阿誠用力搖了搖頭，那是做夢吧？還是她跌倒撞斷牙齒？還是……

不，別想了！他抱住棉被悶吼了一聲，莫名所以的憤怒和緊張在他身體裡急速撞擊著。忍耐到進廣告的時間，他再度輕輕拉開門，光著腳走到樓梯口。

他的眼睛慢慢適應漆黑，樓梯下方，的確暈著極淡的紅光。屋裡響著均勻起落的鼻息聲，腳底下的磨石子地板冰冷光滑。

什麼也沒有。他放鬆肩頭緊繃的肌肉，笑自己神經過敏，走回房，關上門。

◆

週末過去，薇薇和小牛妹仍然沒回台北。小牛妹清秀的臉上多了幾顆蚊子叮的紅疱，阿媽替她洗澡時，發現屁股和大腿上有幾塊瘀青和長而鮮紅的抓痕。

「那是伊阿祖捏的啦。」薇薇仰頭喝完湯，恍惚笑著放下碗。

「啥咪阿祖？」

「就樓上那仙啊！阮阿媽啊，伊半暝走來我房間，看到小牛妹這呢大漢還在跟媽媽吵要吃ㄋㄟㄋㄟ，伊就講囝仔人這樣會長不大，手伸過來就捏她，叫她別吃了。」

阿誠瞥了她一眼。「你是在做夢喔！阿媽早就過身啦！」

「不然樓上拜的是誰？伊擱有住在這裡啊！」

夜裡的隱隱紅光，前幾天芳惠看到門外的眼睛……阿誠忽然背上一陣冷。

望著薇薇走向客廳的背影，母親搖搖頭對阿誠歎口氣：

「囝仔人細皮幼肉，哪有親生老母下手這呢狠……」阿媽弄好了一小碗粥，疼惜的把小牛妹抱在膝上餵飯：「媽媽嫌你吵，不然晚上跟阿媽睡好了。」

「別把伊寵壞了，」薇薇兩腳擱在茶几上，翻開雜誌：「等你的金孫生出來，你就忙不完了。」

芳惠把剛切好的一盤芭樂蘋果放在餐桌上，朝正在扒飯的阿誠使個眼色。阿誠嚴厲的瞪回去，朝母親的方向努努嘴。

「有人客來了，我去前面。」

「阿薇啊，你吃飽閒閒，去招呼一下，阿惠坐下來吃水果啦！」

「不用不用，我來就好。」

芳惠用足眼神，再睨了阿誠一眼，匆匆撩起圍裙往外走。

「啊你們倆個是怎樣？冤家啊？」

「沒啦。」阿誠悶哼一聲，嚼著煎過頭的香腸。

芳惠也真是的，早上硬要他打電話問姐夫什麼時候來接老婆小孩，才知道老姐的問題不只是單純的夫妻失和。總得給他點時間整理情緒吧，幹嘛急著催他跟母親說？要從哪裡說起？說姐夫老覺得女兒長得自己完全不像，偷偷去做親子鑑定，發現小牛妹不是他的女兒？還是要從老姐懷疑他和女同事搞外遇，整天疑神疑鬼，還不斷打電話騷擾別人說起？

不過像姐夫這種愛膨風的台北人，他講的話也不能全信。老姐年輕的時候樣子還不錯，靜靜的不太說話，夾雜在一群嘰哩呱啦的商職女學生之間，特別清新有氣質，他還有兩個國中同學撂話說要追她。有了孩子之後，她身上的顏色和話都變多了，漸漸往難看嘮叨的歐巴桑之路邁進。

客廳裡，薇薇隨手按下電視遙控器，半開著嘴，兩眼發直的看國語配音的韓劇。糾結成鳥窩的頭髮，垂在散發出奶臭的淺紫毛線外套上，那條運動褲，一早起床到現在都沒換過吧？

每天回家面對這種黃臉婆，姐夫就算真有外遇也不奇怪。

但他也想像不出，從前文靜內向的老姐還會有別的男人。

「這個女人好假喔，整形起碼超過十次。」進廣告時薇薇轉了頻道，兩三個女藝人和理財專家對談如何控制孩子的零用錢，她也加入電視裡的評論：「啊反正你家就很有錢啊，小孩根本就不用自己掏錢買東西，還要記什麼帳，騙人……」

阿誠嫌她煩：「恬恬啦，看電視就看電視，幹嘛碎碎念！」

薇薇沒理他，抱著膝，專心加入談話節目現場：「……哼，才怪咧，以前她來過我們餐廳，我明明就看過你點一大堆菜，才吃幾口就不碰了！」

阿誠觀察她半天，轉頭問母親：「伊都這樣看電視喔？是在跟誰說話？神經！」

「別睬伊啦，慣習就好。」母親輕吹匙裡的熱粥，往小牛妹的小嘴送：「平常伊在台北一個人帶小孩，沒伴可以說話，也很辛苦……」

「嘿！好久沒跳了，Super Junior！」

薇薇開心的拍著手，跟著廣告音樂跳了兩步，又跑過來拉阿媽懷裡的小牛妹。

「妹妹來，跟媽咪一起跳舞！你以前最喜歡的喔！」

小女孩搖著頭，緊抱住阿媽，薇薇有點生氣了，更用力拉扯孩子，高聲喊：

「來啦！怎麼這麼不聽話？**我叫你過來**！」

阿誠拍一聲放下碗筷，喝道：「你在起什麼肖？囝仔不要就不要，你幹嘛這樣嚇她！」

薇薇也吼回去：「要你管？這是我女兒，我愛怎樣就怎樣。」

「別吵了，讓囝仔好好吃完飯……」

阿媽拍哄嚎啕的小牛妹，軟弱的打圓場，但誰也沒聽見她的話。薇薇再動手來拉孩子，阿誠抓住她的手臂使勁一拽，她往後跌了兩三步才站穩，從凌亂的髮絲間驚詫的瞪著他，阿誠火氣上來，也管不住自己的嘴：

「你女兒？好手好腳，整天懶散不做事，把自己弄得像垃圾一樣，你拿什麼來養她？行李款款咧，緊轉去台北簽字離婚，自己出去吃頭路啦！人家養你養這麼多年，囝仔也不知道是跟誰生的，還好意思講什麼要等人來接你們母子，你攏袂見笑？」

母親瞬間變了臉：「誠仔，你是在練什麼肖話……」

「誰是垃圾？他跟你這樣說的？」薇薇直直走向阿誠，搖著頭，嘴角扭曲，亂髮後的眼睛火星迸散：「你就相信他說的？他有沒有跟你說他拿我的錢去外頭玩女人？他有沒有跟你說他把我打成這樣？」

她猛然把貼身的條紋棉衫往上一掀，蒼白的肚皮像個調色盤：青紫紅黑黃，交錯重疊。母親嗚咽一聲掩住嘴：「這是他打的？……」

阿誠看見她身上的傷痕，不由得結巴了：「他說他……你也有打他……」

「我打得過他嗎？你們這些男人，你們每一個人，都想逼我去死是嗎？好！既然他連孩子也不要了，我們母女現在就回去死給他看，免得留在這裡給人嫌給人糟蹋，這樣你們高興了吧！」

「麥安奈啦！有事情好好坐下來講。誠仔，跟你姐姐悔失禮，有什麼話晚點再說……阿薇呀，麥啦，麥安奈啦！囝仔嚇到了……」

薇薇衝回樓上，胡亂塞滿一只行李袋，再下樓時，準備把小牛妹從母親懷裡搶走，母親撲倒在沙發上死命護住狂哭的孩子，阿誠大步過來，猛力拉開薇薇：

「大人的代誌，跟囝仔沒關係，這件事你自己先回去解決！你若是有需要，我可以幫忙，若是要去死，也別拖著囝仔作陪！」

芳惠正準備關店，憂慮的聽著客廳裡激烈的爭吵。忽然一陣碗盤花瓶粉碎聲，後門砰的被甩上，機車吭吭吭的發動，接著是一聲模糊慘叫。芳惠急忙丟下手上的抹布，三兩步趕到後門，直著喉嚨問：

「阿誠你安怎了？阿誠！」

阿誠按著右腳掌，一臉痛苦跌坐在地上。芳惠連忙和婆婆一同扶他進屋裡，繞過滿地狼籍，讓他在餐桌旁坐下，只見破碎的右腳大拇趾湧出鮮血來，芳惠不由得尖叫：

「怎麼會這樣？快！我帶你去看醫生……」

「要怎麼去？」阿誠呻吟著：「那個肖婆把我的機車騎走，還撞我……」

最後母親拜託隔壁隔川伯仔開車，載他們去最近的基督教醫院掛急診。右腳三根趾頭骨折，打上石膏，阿誠開車送貨的工作只好暫停。

他留在家裡也沒閒著，幫忙芳惠打理泡沫紅茶店的內務和結賬，還重拾學生時代的電腦繪圖專長，動手做了幾張漂亮海報和促銷傳單，加擺幾張讓客人閒坐聊天的小桌椅。芳惠用手製馬賽克相框裱上價目單，跟朋友學做的蝶古巴特面紙盒拿來妝點一下，店面就繽紛得足以吸引小女生。母親不去拜拜買菜時，就來幫忙煮粉圓或分裝原料。小牛妹可愛活潑的童言童語，也成了店裡的活招牌。

母親聽阿誠轉述女婿的一番話，就死了替薇薇求和的心。打老婆固然有錯，可是女兒不聲不響讓老公替她養別人的小孩，對母親來說就像是賣出瑕疵品，怎麼也無法理直氣壯的要求買方大事化小的把她帶回家。

薇薇走時沒帶手機，不知身上帶了多少錢，也不曾打電話回家過。母親憂心得幾夜失眠，又不好在兒子媳婦面前訴苦，只能偷偷去廟裡燒香，求神問卦，抽到吉籤，廟祝替她解釋，女兒生來有觀世音保佑，一切平安，所有的不如意很快都會解決。她這才放下心來。

直到兩個多月後警察找上門為止，家裡沒有人再提起薇薇。

# 青春的瀑布

## 今年，一月二十日，南台灣

原本敏榆對這個寒假沒抱任何期待，爸爸要到農曆除夕當天才能從上海回家，過年前的一個星期除了鋼琴課和寒假作業之外，媽咪還安排好早上在家教她烹飪裁縫和木工園藝，下午到運動中心去游泳打羽球，看起來很充實，但她總覺得有點悶：為什麼不趁這幾天假期出國去玩，或者去上海和爸爸會合？

「弟弟不能坐飛機，你忘了？」

她當然沒忘，前兩年夏天，他們難得全家去沖繩度假，沒想到飛機才剛離地，小淳就壓住耳朵叫好吵好吵，就這麼又哭又喊的直到降落為止，丟臉死了那一個半小時！

「你現在長大了，不怕坐飛機了，對不對？飛機上很好玩唷！有很多卡通可以看，還可以打好多好玩的電動。」

小淳一本正經的問：「飛機外面什麼都看不到，可以坐公車或火車去嗎？」

所以當何季揚的媽媽—親媽媽—在電話裡問她，要不要一起去南部玩幾天時，她開心的跳了起來：去，當然要去！光是想像和何季揚在墾丁沙灘併肩漫步或追逐的畫面，就夠令她興奮了。

電話轉給媽咪時，卻聽到媽咪說：噢！聽起來很好玩呢，可惜我和孩子們那幾天的活動都排滿了，挪不開時間……是啊是啊，真的好可惜喔！也許下次還有機會。

「下次！下次是什麼時候？為什麼何媽媽上次請我們去一〇一的餐廳你也說不要？為什麼這次不能一起去旅行？你不是說過年前要先去台南外婆家住幾天，那就順便嘛！」

「注意了，寶貝！你說話的口氣我不喜歡。」

「那你有注意過我不喜歡什麼？我不喜歡放假的時候哪裡都不能去！我不喜歡為了弟弟都不能出國！我也不喜歡你一講到何媽媽就想躲開的表情！你們不是從國中到大學都在一起的老同學嗎？到底是怎樣……幹嘛怕她？到底有什麼好怕的？」

「說什麼呢？誰怕她？」媽咪乾笑一聲，移開視線，動手去整理已經很整齊的雜誌架：「我說過了，那家餐廳太貴，不好意思讓人家請客。回外婆家的時間還沒有確定，而且你的鋼琴課在禮拜六，我們過年前要大掃除，買年貨，還有很多事要做……」

敏榆早就被母親訓練出自己解決問題的能力：「那我們就提前大掃除嘛，我會幫忙擦窗戶拖地板，整理院子和房間，樓上的浴室我也可以負責！買東西我陪你去，我會自己跟鋼琴老師連絡，改一天上課。這樣行了嗎？好啦好啦！媽咪拜託～～」

媽咪說她要再考慮一下。

但敏榆遺傳了母親不輕易放棄的頑強，因此寒假的第三天一早，她們就開著剛保養好的ＢＭＷ休旅車去接何季揚和他媽媽。

◆

「何媽媽早！」

敏榆甜甜的招呼剛上車的母子，很開心她剛才搶到了後座中間的位置：小淳坐在她右邊，專心把玩手上的魔術方塊，不管媽咪怎麼勸說什麼也不肯挪開，何季揚只好繞過車子，坐到敏榆左邊。

豬頭！敏榆假裝沒注意到他的嘴型，他看來心情不太好。一綁好安全帶，立刻從背包裡拿出耳機戴上，開始低頭滑iPad，看也不看她一眼。

「嗨！敏敏早！淳淳早！你們今天都好有精神唷！」

「我是小淳，不是『蠢蠢』！」

小淳認真的糾正，何媽媽從副駕駛座上轉過身，笑開了像貓咪的臉：「啊呀啊呀！真對不起啊。是小淳，阿姨叫錯了，你們別叫我何媽媽，我早就不姓何了，叫什麼季揚媽媽的我也不習慣，就叫我的英文名字DiDi好了，或是DiDi阿姨也行。」

「弟弟？」敏榆忍不住掩嘴笑了，比起另外那位冰山美人，她更喜歡這位親切活潑的何媽媽：「哪有這種英文名字？好好笑！」

阿姨擺擺手：「不然跟著你媽咪叫我吳荻也行。只不過啊，我真不愛聽老外叫我Woody，又不是木頭人。」

「能跟Woody Allen同名，也蠻好的呀！」正在開車的媽咪輕笑著，握著方向盤的手看起來有點緊張，大概很久沒有開高速公路了吧？昨天媽咪花了很多時間弄車上的衛星導航，還聽到她打電話給藍叔說路不熟真不想去。

敏榆打個呵欠，把注意力重新放到何季揚……手上的iPad，挨著他一起看無聲的《葉問》電影，也不知道是哪一集，拳來腳往的快動作看起來都差不多。

她能聞見他皮膚上的氣味，感覺自己的心跳頻率和那些武打演員一樣。

她們在清水休息站午餐，吃的是媽咪一早就起床替大家準備的愛心便當和保溫壺裡的熱麥茶。

敏榆幫媽咪從野餐籃裡拿出便當和餐具，盒蓋上貼著紫星貼紙的那一份是她親手替何季揚做的，用小道具把海苔和白飯做成一顆足球，深綠色的菠菜是草皮球場，蛋皮雞肉捲是太陽，海帶和蘿蔔絲織成球門，白花椰菜是一朵朵飄浮的雲。

她正期待看見何季揚臉上的驚喜表情，只見他不情願的推開飯盒：

「又不是校外教學，幹嘛還要吃冷便當？」

媽咪瞥見敏榆的眼淚就快掉出來了，忙說：「這便當盒可以加熱啊，裡面有超商的微波爐……」

還沒說完，DiDi阿姨就捧著一盤香噴噴的烤雞漢堡薯條和汽水歡呼著走來：

「這裡還有賣手扒雞耶！好懷念喔！大家一起來吃吧！」

媽咪不太高興的盯著那一大盤『垃圾食物』：「剛才不是說了嗎？我已經幫大家準備了便當。」

「我知道，不過我剛才去上洗手間，出來的時候就聞到好香的味道，忍不住嘛！反正孩子們現在食量都很大，吃不完就留著當點心嘍！……來，小朋友，你們都沒吃過手扒雞對吧？先把手套戴上！」

「不用了，謝謝！我們家從來不讓小孩吃這些東西。」

敏榆乖巧地幫腔：「對啊！速食店賣的雞都打過生長激素，薯條是油炸的，可樂汽水糖太多，還有很多不好的食品添加物，對身體都沒有好處。」

DiDi驚歎：「你好棒啊！敏敏，小小年紀就懂這麼多了？真聰明！不過你媽媽平常一定都讓你們吃得很健康，偶而吃點薯條也沒事吧？放心，要吃成我這種傲人身材，至少還要二十年呢！出來玩嘛，就是要做點跟平常不一樣的事，是不是啊黃愷雲？這幾天讓孩子們放鬆一下，開動！」

小淳已經接過塑膠手套，很新奇的研究它的形狀和摩擦時的悉嗦聲，完全不理會媽咪的勸誘：「便當裡有你最喜歡的火車壽司喔！」

季揚咬下一大口漢堡，含糊不清的嘲笑敏榆：「喂！你是怕死喔？還是怕胖？還是……」他用可樂送下食物，「怕你媽？」

敏榆立刻放下筷子，拿了薯條往嘴裡塞：「誰說的，我什麼都不怕！吃就吃！」

啊！真好吃，記得以前媽咪還在上班的時候，奶奶每個星期天都帶她去麥當勞，那時候媽咪忙著補眠或加班，好像也沒管過她吃什麼。

剛才的失望全被齒頰裡溫熱的香味驅散無蹤，南部溫暖的陽光曬得她全身舒暢。她戴起手套，不客氣的和季揚搶奪最後一隻雞腿，嗯，這幾天就先不當淑女了。她假裝沒注意到媽咪對她投來警告的眼神，暗自決定，能和他玩得開心比較重要。

吃完飯她去上洗手間，媽咪說她也要去洗便當盒。喔喔！不妙了。

「前幾天你不是才跟媽咪說，想要變瘦一點嗎？」媽咪溫柔的問：「我特別替你做了蔬果大餐，你一口都沒碰！剛才那些雞腿跟漢堡，猜猜會讓你增加幾公斤？」

「好啦！知道了，我會努力跑步做運動，那些熱量很快就會消耗掉了。」

媽咪歎口氣：「剩下的便當，怎麼辦呢？天氣這麼熱，到下午就會變壞了。」

又來了！敏榆假裝尿急跑進廁所裡：幹嘛不直接罵我一頓？拐彎抹角讓我產生罪惡感，再自動認錯，我才不上當呢！

她在廁所裡磨蹭許久才出來，站在洗手台前把手打溼，對鏡子整理額前的瀏海，再順一順垂肩的長髮。

一陣風過，吹得黃槐如雪花亂舞，也帶來DiDi高亢帶嬌的笑聲，敏榆被引得轉頭看去，只見DiDi正拍著小淳的背大笑，似乎很欣賞他剛才說的笑話，何季揚則是一臉不可思議的瞪著他們。

敏榆興沖沖跑過去湊熱鬧：「怎麼了？什麼事這麼好笑？」

「小淳真是個天才！」DiDi親熱的摟了小淳一下，他不但沒抗拒，還滿臉得意：「他可以背完一整篇《長恨歌》，還可以馬上回答出五位數相乘的答案，比計算機還快，真是太厲害啦！你這媽媽是用什麼養大他的？這個小腦袋裡都裝了什麼呀！」

「沒什麼好奇怪啊，因為他有亞斯……」

媽咪突然大聲打斷敏榆：「是啊，不知道為什麼，這孩子從小就特別聰明，只教過一次的東西都會馬上記住，呵呵！我猜，他腦子裡大概有部影印機吧。」

何季揚扮個鬼臉：「才怪！根本就是個機器人嘛！」

平時媽咪都謙虛的解釋，那是因為有AS的小淳會對自己感興趣的事特別專注，所以會發展出讓一般人驚歎的能力，為什麼今天她沒對DiDi這麼說，卻呵呵笑得像小夫媽？

大家收拾東西，上車繼續趕路。敏榆心上還有個小疙瘩，就特別留意前座的對話。

「過兩天我們回來時，能不能順路到嘉義？我想帶揚揚去看他外婆，他們從來沒見過面呢。」

「你爸媽……現在沒住在新營嗎？」

「我爸媽幾年前就離婚了，我爸還在新營，我媽再婚，就搬到嘉義了。」

「這樣啊……沒問題。我們回新營時，你爸爸家還有地方住嗎？」

「誰知道，搞不好他又收留了什麼乾女兒或阿姨住在家裡……」DiDi像被搔癢似的咯咯笑出聲來：「你一定很難想像吧？小時候我老爸還常帶我一起去酒家談生意，讓我坐在他大腿上，另一隻大腿上坐著……」

媽咪忽然尖聲問：「敏敏，你要不要聽音樂？柴可夫斯基的奏鳴曲好嗎？還是巴哈……小淳還要不要吃水果？吳荻幫我按一下CD播放，左上角那個，對，幫我按到六……好，音量再調大一點。」

叮噹的鋼琴聲中，敏榆只能勉強撈到前座刻意壓低的幾句碎片：

「……你那時候看起來每天都很開心哪。」

「……起初覺得好玩……很喜歡我老爸……。後來我上大學才知道……破產之後……獎學金，我要靠自己……」

「……所以你才決定改唸社會學？」

「……我媽離婚，多少也受到我的影響。……當媽媽，沒有自信……」

聽不清楚，到底在講什麼啊？大人就是這樣，老是把她當成小女孩，但是她多少猜得到一點，大概跟性騷擾有關吧。媽媽說過DiDi以前是很受男生們歡迎的漂亮女孩，功課又好，真難想像，也許……就像何季揚現在的樣子吧？

還好，媽咪的側臉不像剛才那麼嚴肅了。從媽咪右耳下季方那顆很少人注意的淺色小斑就可以判斷她的心情，平靜的時候是一滴蜂蜜，現在像顆近乎橘紅的魚卵，嗯，還算愉快，萬一變成了深色的西瓜子，喔喔，那就要小心暴風雨了。

這可是連媽咪自己也不知道的小祕密哩！

媽咪說她和DiDi雖然認識很久，但是不熟，可是她覺得媽咪其實很在意DiDi，就像她和許沛琳一樣，她們都是老師最喜歡的學生，可是她覺得許沛琳笑聲很難聽，身邊老是圍著幾個小跟班，看了就討厭。

她知道許沛琳也很喜歡何季揚，可是啊，看看現在，是誰坐在他旁邊？

敏榆正在心裡偷笑時，何季揚忽然用手肘撞了她一下：

「喂，你弟是怎樣？叫他安靜一點啦！」

小淳又在玩他平常的遊戲：跟著他最喜歡的音樂哼唱，還用手打拍子，打得又響又準。現在車裡播的是貝多芬的《熱情》奏鳴曲第三樂章，是她的偶像李雲迪演奏的版本，最令人喘不過氣來的急板。她還記得在音樂廳聽他彈這首曲子時，渾身起雞皮疙瘩的感覺。

「他有……」敏榆警覺地閉上嘴，無奈的瞥了眼前座的儀表板：「這是他喜歡的音樂，再三分鐘就結束了。」

「還要三分鐘？喔！拜託，我快被吵死了，別再唱了！喂……」

敏榆熟練的攔住何季揚橫過她面前即將揮向小淳的手。

「要是不讓他唱完，他會一直尖叫喔，很恐怖。我不騙你。」

何季揚來回瞪著敏榆姐弟，憤憤的問：「你們……到底有什麼毛病啊？」

「不然，」敏榆瞄見他腿上休眠中的iPad：「你把這個借他玩，他就會安靜了。」

「這個？都快沒電了，電力只剩下百分之十耶！」

「沒關係，沒電也可以。……小淳，哥哥借你玩這個，好不好？」

「好啊！」小淳看著遞過來的iPad，眼睛一亮，立刻接了過去，端詳藝術品似的把iPad翻來覆去鑑賞著，背面研究了半天，才翻過正面，小心的按下開關，又立刻把耳朵貼上去。「跟電腦不一樣，沒有聲音耶！」

何季揚噴出一串魚吹泡泡聲，「又沒有散熱風扇，當然沒聲音！你沒玩過iPad啊？」

原來何季揚也和其他男生一樣臭屁：

「當然玩過啊！只不過沒像你一樣變成低頭族！」

「哼哼！低頭族又怎樣？總比土包子好！」

敏榆發火了：「你說誰土包子？」

何季揚唱歌似的：「就～是～你～」

敏榆氣哭了，正想伸手打何季揚時，車子猛然剎住，停在高速公路匝道出口旁，害敏榆差點撞上前座椅背。

「怎麼了？」DiDi順著媽咪責備的目光，往後座看過來：「哎喲！敏敏怎麼哭了？是揚揚欺負你嗎？」

敏榆心中有無限委屈，又不知從何說起，只能一直抽噎。揚揚堅持他沒有欺負敏榆，小淳對iPad不再感興趣了，專心畫起捷運路線圖，從他那裡也問不出姐姐為什麼哭。

原本DiDi提議換她開車，讓媽咪和何季揚換位子坐到後座來，但是媽咪看過DiDi開車，對她賽車手式的技術沒有安全感，最後只好讓敏榆換到副駕駛座，又摟抱她安慰一下，這才繼續上路。

為什麼會難過到連話也說不出來？一塊失望的大石頭緊壓在胸口，酸澀的滋味不斷湧上喉頭。敏榆沒法回答媽咪關切的眼神，也不在乎媽咪耳後那顆顏色加深的西瓜子，只有靜靜的倚在窗框哭泣，看著外面的稻田房子不斷往後飛去，才能讓她舒服一點。

她不知不覺睡著了。快醒來時，聽見淙淙喳喳的泉水聲。再仔細聽時，原來是媽咪和DiDi在說話，後面的男生們大概也睡著了吧？車裡的音樂已經停了，她們在說她，還是在說何季揚？

她繼續裝睡。陽光好曬，車窗開著小縫，吹進帶鹹味的風，睜開眼睛就能看到海了吧？

「……為什麼？這件事你完全沒讓季揚知道？連季揚爸爸也……」

媽咪的聲音聽來有點激動，像漲潮的海浪。

「不需要，單身十年了，我習慣自己處理這些事，他們還能把我當家人，已經不容易了。……呵！真奇怪，我竟然會第一個告訴你。」

DiDi前傾靠在前座椅背上說話，低笑一聲，聽上去掉屑的乾麵包，不再是之前那種巧克力糖漿般又滑又甜的笑法。

到底是什麼事？敏榆咬住唇，免得自己突然出聲。

「放心，我和季揚……嗯，現在的媽媽，一點也不熟。」

「你說那個步緯嗎？哼！她巴不得我快點消失呢！」DiDi把手肘壓在敏榆的椅枕上，近得敏榆能聞到她的香水味：「你知道我這個人，總是藏不住話，想什麼就說什麼，這輩子我得罪過的人可多了，過去我從來不在乎，但現在不同了，也許是因為，時間不多了吧？那句老話叫什麼，人之薑絲……」

「別這麼快下結論，以現在台灣的醫療水準，好好的治療休養，這個，呃，不是大問題……」

DiDi不耐煩的打斷她：「不不不！聽我說。我的身體我自己清楚，其實早該去檢查了，去年夏天到柏林開會時就有點不對，吃了幾口就覺得撐，我只當是吃不慣那些熱狗和硬麵包，回美國之後，新學生，新的project，又搬了新家，成天忙到沒時間喊累，現在，是這身體向我討債的時候了。哈！想想還真諷刺，我一直對別人怎麼生活很感興趣，不，應該說，太感興趣了，好讓我不用去面對自己的生活……簡單說吧，我想在死前和解。」

死？沒聽錯吧？

車速慢下，敏榆想像媽咪現在正盯著照後鏡，打了方向燈往右。

「怎麼說？」媽咪過了好久才出聲，悶悶的。

DiDi的聲音像暗下去的燈泡重新亮起來：

「喏，既然你問起，我就直說了：我們認識快一輩子了，從來都沒當成朋友，想想還蠻遺憾的噢。其實我們一直都有交集，即使我們大學畢業之後就沒有連絡，現在因為孩子們又重新見面了，也許老天就是要我們把握最後機會。光是碰面喝茶聊聊天，一兩個小時，頂多只能講講客套話吧，所以我才想，找你一起旅行幾天，讓我們有機會把之前翹課的必修學分上完。」

「必修學分？」媽咪噗嗤笑了：「你有點像老師了。人跟人之間就是這麼回事，有聚有散，我們碰巧在相同的時空相遇過幾次，沒有更進一步的交情，也沒什麼好遺憾。反正人生多的是擦身而過，我只不過是正巧飄過你身邊的一片落葉，風一吹又會離開，飛到別的地方。」

「您還真有詩意呢！這位太太，」DiDi捲舌模仿相聲演員：「我倒覺得，咱倆就像平行的鐵軌似的，不論往東走，望西走，總會往著同一個目的地去。……你看，這不是很好玩嗎？我們並沒有約好，卻總是在同樣的時間做同樣的事：同年出生，上同樣的學校，同樣的社團，和同一個男生約會，還在同一年生小孩……」

「沒什麼奇怪啊，在同樣的社會和教育方式長大的人，生命歷程都會很相似吧？認真算起來，我們之間的差異，絕對比共通點還多：你一直都是風雲人物，聰明有自信，不像我，只是個無名小卒……」

「嗨！別客氣了，誰會找無名小卒在書上簽名啊？如果你沒有野心和頭腦，你怎麼可能心甘情願離開職場，當個平凡家庭主婦？」

「呵！那是誤打誤撞，要不是為了孩子……」

「喔，對了對了！還有孩子，哈哈……這又是我們的共同點，這麼說你也許會生氣：雖然你現在是親子專家，其實你跟我半斤八兩，從孩子出生到他們能自己穿衣吃飯走路，二十四小時都有人替我們處理餵奶換尿布這些瑣事，在小孩最麻煩黏人的年紀，我們都還能無牽無掛，專心忙著自己的事業，沒盡過母親的責任。就算生了孩子，我們最愛的還是自己。」

怎麼回事？DiDi簡直就像拿針在亂試，想戳中媽咪的生氣穴。就算閉著眼睛，敏榆也能感覺到媽咪在做瑜伽式呼吸，免得火山爆發。

媽咪說過遇到故意想惹你生氣的人，最好的應付方式就是微笑的回答他：謝謝指教，然後走開。但現在她們可是坐在同一輛車上耶！

「我從不認為我是個完美的母親，但是不先愛自己，怎麼有辦法愛孩子？及早發現錯誤，全力補救，總比什麼都沒做的好。」敏榆從沒聽過媽咪這麼帶刺的口氣：「如果真像你說的，我只為自己著想，這趟旅行我根本就不會來。」

現在就調頭，開車回家吧！敏榆差點衝口而出，卻又聽到DiDi湊向前來笑呵呵：

「哎呀，真是的，你看我又說錯話了，我就是嘴笨，別生氣嘛！……噯，說個笑話給你聽，一開始我也沒想那麼多，我只是隨口問揚揚，放假了，要不要找敏敏一起去墾丁玩，沒想到他一口答應，說他一直很想看敏敏穿比基尼的樣子，哈！沒想到我兒子也到了這個年紀，果真是臭男生！」

敏榆趕緊閉上差點張開的眼皮，心裡砰砰跳著：討厭啦！才不穿什麼比基尼給他看呢！

她想到行李箱裡那套她精心挑選的粉紅淺綠格紋兩截式泳衣，是媽咪和她一起挑的，樣式一點也不性感，還好肩帶很細，穿上去很好笑的荷葉小短裙是活動的，可以拆掉，底下的小泳褲雖然沒有開高叉，也不至於太土氣，不知道罩杯裡襯墊夠不夠挺呢？這禮拜她的胸部似乎又長大了一些……她想著想著臉都熱了起來，沸騰的血液在她耳邊嗡嗡響著，再也聽不見她們還說了什麼話。

◆

她還沒想好該不該委婉的打聽何季揚對他兩個媽媽的看法，他倒先問了：

「為什麼你跟你媽老是『媽咪、寶貝』的叫來叫去？你又不是小Baby，聽起來很噁心耶！」

他們才剛在墾丁大街吃完晚餐，玩過逛過了所有新奇的攤位和小店，走在回飯店的路上。敏榆被溫暖的海風吹拂著，邊走邊舔著哈密瓜冰淇淋。正在想難得媽咪今天沒禁止他們邊走邊吃，看她和小淳手牽手走在前面的背影，還蠻開心的，或許是被人們渡假的輕鬆氣氛感染了吧……冷不防被何季揚這麼一問，她還真答不出來。

「沒為什麼啊！習慣了嘛。」

其實她還蠻喜歡撒嬌和被寵愛的感覺，但是說出來一定會被他嘲笑。他說得也沒錯，媽咪當著別人面前叫她寶貝時，她偶而會不大自在。

她決定好好刺他一下：「那你跟你媽又是怎麼回事？下午你在游泳池翻船，她笑你笑得那麼大聲，你不覺得……很丟臉嗎？」

「是很好笑啊！」何季揚囫圇塞進最後一口鬆餅甜筒，兩手在印花海灘褲上隨便擦擦：「幹嘛啊，被笑一下就覺得很丟臉，那以後要怎麼活下去啊！你們女生還真奇怪。」

敏榆想到下午吵架大哭的事，不由得紅了臉，幸好天黑了沒人看見。

「哼！才不像你們男生咧，臉皮那麼厚！那……我問你喔，你比較喜歡哪個媽媽？突然有個不認識的女人跑出來，說是你的親生媽媽，那是什麼感覺？」

「蠻好的啊，一個在家煮飯給我吃，一個帶我到處玩，還不會囉哩吧嗦管東管西……」何季揚的眼睛似乎瞄向她走在前頭的媽咪……不，還是叫媽媽就好了。「……她是真的很不像媽媽，但是跟她在一起很好玩。畢業以後，我可能會搬到美國去跟她一起住，在那裡上學，不然留在台灣只會一直考試一直考試，考考考……腦袋都烤壞了。」

但是DiDi說她快死了。

敏榆差點脫口打斷他的美夢，遠遠落在後頭的DiDi鞋聲啪達叩達，偶而送來幾縷煙霧，彷彿她翩翩的靈魂飄來警告她：瞎說！我還活得好好的呢！

趁著小淳在浴室洗澡的空檔，敏榆忍不住問媽咪：

「DiDi阿姨生了什麼病？肺癌嗎？」

媽咪……不，媽媽從書上抬起頭，驚訝的看著她：「你從哪裡聽來的？」

「對不起，我不是故意要偷聽的，可是……今天在車上，我聽到她跟你說了，是真的嗎？」

媽媽吁了口氣，放下書。「是肝癌，腫瘤有八九公分大了。上個月才發現的。」

「那她怎麼不去開刀，做化療？」

「醫生說現在沒辦法開刀了，她也不想做化療，所以目前只靠吃藥。」

「那她還抽煙喝酒，還吃炸雞炸魚條？」敏榆想起至揚的夢想，想到去年因鼻咽癌過世的大伯父，不由得生氣了：「這樣不是會把身體搞得更糟？更快死掉？」

「小聲點，寶貝，別這麼激動。肝癌末期通常撐不到半年，她想好好走完最後這段路，做自己想做的事，就是不想讓別人同情她。你看她，那麼努力把自己打扮得漂亮，逗你們開心……別跟季揚或任何人提這件事，好嗎？」

「可是……應該還是會有辦法……」

報上不是都有什麼生機飲食療法，什麼戰勝癌症的奇蹟？為什麼不試試看？突來的悲哀像顆超大棉花糖，哽在敏榆的喉嚨裡。

媽媽走過來，摟摟她的肩。

「別擔心，DiDi阿姨很強悍，不會那麼容易被病魔打敗的。」

叮叮兩聲，放在床頭桌充電的手機響了。媽媽查看手機上的簡訊。

「是爸爸嗎？」

她沒有回答敏榆，卻盯著手機螢幕微微皺眉。過了半分鐘，突然抬頭問敏榆：

「剛才你去過電腦室了吧？那邊有幾部電腦？」

「三，呃……五部吧。」剛才回來時，何季揚邀她去飯店附設的遊樂室玩電動，她跟媽媽說要去電腦室收e-mail。糟糕！被拆穿了嗎？「哎呀，我忘了，反正、反正可以用就是了，嗯……為什麼問？」

媽媽藏起眉間的烏雲：「噢！出版社的編輯阿姨要我收一封信，圖檔很大，沒法用手機收。我想順便去小陽台澆個花，不急，明天找時間再去。」

「小陽台」是媽咪的人氣部落格。放上新文章是「種花」，回應網友提供建議是「澆花」，刪掉礙眼的廣告和不當留言就是「拔草」了。

媽媽等小淳洗完澡出來，一起讀完兩章英文版的《神奇樹屋》，陪他畫好明天的行程表，哄姐弟倆熄燈上床睡覺。過了好一陣子，她才悄悄起身，披上外衣，拿了手機和鑰匙溜出房門。

房門喀嗒一聲。五秒、十秒……敏榆屏住氣，數完三分鐘才放鬆身體，在黑暗中睜開眼睛，聽見小淳有點鼻塞的呼吸聲，還有媽媽剛才用過的乳液香味。

真羨慕小淳，簡直像定時的機器人，時間一到立刻斷電。

他們睡覺不吹冷氣，只讓面向陽台的落地窗半敞著，吹自然風。沙灘上的浪聲笑聲，花園裡橘黃的燈光，從窗簾縫間輕輕探頭進來，引誘她靜靜下了床，光腳走向陽台。

白天陽光充足的南方，入夜還是挺冷的。敏榆把她的旅行魔毯也帶了出來，裹在身上。漆黑的海面上搖曳著幾點亮光，沒有月亮，遼闊的夜空中是滿到快溢出來的星星。

天上的星星，為何，像人們一樣的擁擠呢？
地上的人們為何，又像星星一樣的疏遠？

晚餐後回房間之前，大夥兒先去海邊散了一下步，滿天燦爛的星斗讓她和媽媽不由得驚歎著，DiDi忽然唱起歌來，她的音色很美，渾厚而清亮，幾乎可以和英國的蘇珊大嬸相比，她的驚奇還沒回神，媽媽也隨著低聲吟誦，她們一起反覆那短短的兩句，突兀的結束。

「好好聽喔，還有呢？」

「沒了，就這樣。」媽媽滿足的歎口氣，扭身對DiDi笑說：「好舊的老歌啊，你怎麼還記得？」

「當然記得，我們那時候的歌多有意境啊，哪像他們現在聽的，唱歌的人只要臉蛋好看會跳舞就行了，歌詞一點味道也沒有。」

「耶……耶……」季揚捏尖嗓子模仿DiDi拖長的尾音：「這什麼歌啊，聽不懂。還是五月天好聽。」

正在專心研究旅館外冷氣壓縮機的品牌和型號的小淳也出聲了：

「好奇怪！地上的人如果很擠，又怎麼會疏遠？所以星星到底是很擠還是很遠？」

敏榆抱膝坐在休閒椅上，望著星空，不由得輕聲重複唱著那兩句小詩，漸漸有點懂得了。

空氣中原本飄散著淡淡的茉莉清香，被一陣苦澀夾著嗆咳的煙味給打斷了。她好奇的探身看去，只見隔壁陽台有團蹲著咳嗽的黑影，是何季揚。

「欸！你在幹嘛？」

他慌忙站起來，丟掉手上的煙。

「靠！嚇我一跳！」

「你偷抽煙？」

「噓……小聲點！」

季揚回頭確認黑漆漆的房裡沒有動靜，快步走到相鄰的欄杆旁，壓低一雙濃眉和聲音：

「我媽睡了，她打鼾有夠吵的，我根本沒辦法睡。」

掉在地板上的煙頭熄滅了，仍然有一縷刺激的煙味，殘留在他藍底白條紋的運動衫上。

「那也不用偷抽她的煙啊，幹嘛汙染你的肺？」

「很煩吶！你是老師喔？管那麼多幹嘛。」

他背靠在分隔兩個陽台的半面牆，往下一溜，坐在木地板上。

敏榆有點氣惱他粗魯的回話：「人家是關心你耶，幹嘛凶巴巴的？」她想回房裡去，但是兩腳卻像生根似的動不了，只好蹲下身，也坐在地板上。

隔著牆邊的木欄杆，能看得見他在夜光下微微泛紫的衣角，和一隻撐在地上的手，擅長拉小提琴的手指纖長有力。

去年老師指定她替他伴奏，在班級才藝競賽共同演出，他們花了好多時間在她家一起練習莫扎特G大調小提琴奏鳴曲。同班好幾年了，她一直只當他是個長相好看的冒失鬼，但是他垂著長睫毛專注拉琴的神情，意外的憂鬱而迷人。

他很幼稚，講話老是惹她生氣……但只要他一笑，即使是灰暗的陰雨天也變得陽光燦爛。他很機車，上學老是遲到，作業不是沒寫就是忘了帶，下了課就衝出教室去踢足球……可是他的成績總是在前三名，在球場上奔馳的身影老是緊緊吸引她的目光。

唉！該不會生病了吧？為什麼呼吸突然變得困難，全身酸麻，胸口緊揪了起來？他會不會聽見她的心跳聲？

她把毛毯裹得更緊一點。好難受，講句話，透口氣，也許會好一點。

「你……」「你……」

他們同時出聲卻又打住，她察覺到他在另一頭也吃吃笑了。

「你先說。」

「不，你先說，反正我沒什麼特別想說的。」

「你有看過《星際大戰》嗎？」

「沒有，是那個，呃……新版的《憤怒鳥》嗎？」

「不是啦！也有電玩，不過我現在說的是電影，我爸買來給我和我弟看的……你沒看過就算了，說了你也聽不懂。」

「那就說給我聽嘛，」敏榆注意到自己撒嬌的聲調，連忙假咳一聲，冷聲再補正：「不然……回去以後我再跟你借電影來看？」

「別傻了，有六集耶！」季揚在那頭歎了口氣：「你知道我最喜歡哪個角色嗎？當然是天行者路克嘍！他有歐比旺和尤達大師的幫忙，變成絕地武士帶了光劍，開著千年鷹去摧毀死星……到了外太空，大概就像這樣：咻！直走，再右轉，小心！有隕石！閃開……」

乘著他快要變聲的嗓音，她跟著他在繁星迷宮之間穿梭航行。雖然他說的話她幾乎聽不懂，但是她好像在哪本書上看過——戀愛的過程中，女人往往聽不懂男人的話——所以，聽不聽得懂，有什麼關係呢？

敏榆朦朧的微笑了，用手指繞著自己的髮梢，背靠在微暖的石牆，彷彿他的體溫。滿天的星星顫抖著，隨時都會像花瓣一樣灑落在他們身上吧？其中也會有死星，或什麼庫巴星球嗎？

陽台紗門後突然傳來一股輕微的氣流，玄關燈亮了。敏榆呀了一聲：

「我媽回來了！我先進去嘍，晚安！」

她一跨進房裡，躡手躡腳的媽媽差點跳起來。

「赫！你怎麼還沒睡你在外面幹什麼，我還以為有人闖進來……」

媽媽腳一軟，倚在衣櫃門上，臉色發青。敏榆雀兒似的張開毛毯飛過去，把媽媽連人帶毯緊緊抱住。

「哎呀！媽咪對不起，我嚇到你了？剛剛人家睡不著嘛，就去外面看夜景，星星真的好美喔！」

媽媽順勢摟住她，卻像垮下來的大樹一樣，好重。

媽媽真的被嚇了好大一跳呢，敏榆有點愧咎。

不過，剛剛就這麼突然跑掉，何季揚會怎麼想她？沒禮貌？還是……像倉促逃跑的灰姑娘一樣，只留下一隻美麗的玻璃鞋？

在媽咪聲聲催促下，她順從的鑽進被窩裡，很快就被夢鄉派來的南瓜馬車載走了。

◆

## 今年，一月二十三日，嘉義

好無聊！真想快點回台北！

兩個阿桑嘰哩哇啦的走過來，一屁股坐到季揚身邊的長椅。奇怪耶，別的地方明明還有空位……他站起來走開。

剛才坐在樹蔭下還不覺得，都四點多了，太陽還這麼熱。

鰲鼓溼地展示館前庭蒙著沙塵，營養不良的樹和吵鬧的人，都是黃撲撲的，到處開著毒蘑菇似的彩色小陽傘。門外是條不甚寬的馬路，遊覽車和小客車互相緊貼著，叭叭叭龜速通行，還得閃避路邊悠哉散步的成群遊客，和撐著五彩大傘叫賣冷飲吃食的攤販。

有點口渴，背包裡的水壺一滴也沒有了。季揚向賣飲料的小販走過去，卻瞥見炸蚵嗲的攤車後面的田邊，蹲著兩個婦人，一個戴斗笠全身包花布的農婦坐在一張小塑膠椅上，熟練的剝著蚵殼，旁邊鬈髮嫩黃T的厚圓背影，那不是他媽嗎？

又遇到熟人了？他還真佩服她，明明那麼久沒回台灣了，不管是小吃店或只是問個路，她都很愛用流利的台語跟對方東拉西扯，最後總會扯出哪個他們都認識的誰誰誰。

昨天晚上外婆請他們去吃火雞肉飯和豬血湯，隔壁桌一個帶著老婆小孩的黑壯男人轉頭問：請問，你是吳荻嗎？我是蔡某某，我們以前小學同校，不同班。

最後他們的晚餐是那個蔡某某買單了，外婆又笑又歎的對他說：

「你媽媽從小就很會交朋友啊，認識的人比我們都還多。」這算好事嗎？只要她和陌生人一聊天，就表示他要又開始無聊的漫長等待。有時他倒寧願她和家裡的媽媽一樣，幾乎沒什麼朋友，也不大理別人，做自己高興做的事就好了。

只要一抱怨，她就笑嘻嘻的呼攏他：

「果然是你老爸的兒子，他也說過一樣的話呢！」

要不然就是：「我的PH.D和每年要發表的project和essay，不靠這些聊天還真寫不出來。」、「這麼多有意思的人，跟我們過著完全不一樣的生活，說這麼多好聽的故事，不聽多可惜！」

扯不上親戚關係的小販和收舊貨的，她眉頭不皺一下，照樣可以一屁股坐在他們髒臭的身邊搭訕，告別時還拿出千元大鈔跟對方買一袋發黃的芭樂，或者一隻黑不嚨咚的無敵鐵金鋼。

那些人一臉汗的想把鈔票推回來給她，或者為了找錢忙得團團轉，她總是笑著不收，在他們驚喜和感激的目送下離開。

還真有愛心啊，起初他想，這種不擺神聖架子的行善方式倒是不錯。後來他無意間翻到她堆散在公寓裡的筆記，細小飛揚的英文字他略略識得幾個，才發現她正在寫一篇關於台灣底層女人生活的文章。怪不得上回她問老爸台北哪裡還有「公娼」。

她簡直像裝了彈簧，成天能量充沛的蹦蹦跳跳，雙眼亮閃閃，講話嘰嘰喳。但是她卸完妝倒在床上呼呼大睡時，就像吸血鬼電影裡蠟黃縮水的乾屍，等到第二天一早她從浴室裡沖澡化妝出來，才會再度復活。

到現在他還是不大習慣這位「新」媽媽，週末總是開著拉風的法拉利，接他去吃美式早餐，晚上十點以後才把他送回家，帶著一堆最新電玩軟體新玩具新球鞋新衣服和頭髮裡的煙臭。她很搞笑，不像家裡的媽媽這不准那不行，對他有求必應。但也常常讓人猜不透。

◆

還好他們下一站去了東石漁人碼頭，不然今天真是遜到爆了。

水和沙是怎麼都玩不膩，光是和小淳聯手蓋超大碉堡和祕密通道，或是把葉敏榆騙到噴水口附近惡整一番，就好玩得不得了。等到敏榆媽媽第五次來催他們去沖水換衣服時，剛才還紅咚咚的夕陽早就沉下海裡了。

餓到肚子咕咕叫，他們還找不到一家有空位的海鮮餐廳。只好再走遠一點，燈光和車聲比較沒那麼嘈雜的巷子裡，一個要亮不亮的招牌閃爍著「阿鳳活海產」。

「這家呢？」

敏榆媽很挑：「看起來……沒什麼客人，東西會不會不新鮮……」

「好餓！我餓死了，我不要再走了啦！」

小淳喊出了他的心聲，季揚立刻跟進：「只要點炒飯炒麵，不要叫海鮮就好了啊！」

兩個媽媽對看了一眼，她們計畫中的美食看來要落空了。

「好吧好吧！先把你們這三隻餓扁的小豬餵飽了，丟回旅館，等下我們兩個再自己去吃好吃的，不讓你們跟！」

多虧他媽明快做決定，他們總算能踏進涼爽的餐廳裡，坐在鋪著紅色透明塑膠布的大圓桌旁歇腳。店裡除了他們，只有兩張小桌有客人，看上去不是店裡的員工就是親友，熟絡的自己去端菜，或大聲對著廚房談笑。

空蕩蕩的店堂像一般的海產店，擺滿廉價的鐵板凳和美耐板桌，牆邊堆滿紙箱啤酒箱，磨石子地板膩著油汙。少了鬧哄哄的划拳和談話聲，只有角落高掛的電視主播聒噪的播報新聞，牆上破舊的啤酒海報、邊緣捲起的水果月曆和泛青的日光燈，都像浮著一層冷冷的魚腥。

大水缸裡游著幾尾蒼老的大石斑和龍蝦，碎冰攤上擺放的螺肉蛤蠣花枝蟹腳，看起來也不大令人放心。最後她們只向臭臉的女店員點了什錦炒麵炒飯各一盤，一份清炒空心菜，一碗竹筍湯。

大嗓門的老闆娘接了單，從廚房裡擦著溼手走出來問：

「啊怎麼都沒點海產？你們是來玩的喔？來我們這裡就是要吃海味的嘛，要不要來一隻紅蟳？今天剛到的貨，保證鮮，清蒸就很好吃喔！還有炒蝦啦，三杯中卷啦，或是我們東石的蚵仔？炸得跟鹽酥雞一樣香噴噴，小朋友一定愛吃……」

敏榆媽客氣的說：「不用了，謝謝！我們吃得不多。」

季揚他媽卻說：「既然老闆娘熱情推薦，來這裡還是要吃吃當地名產，就加一盤蚵仔煎好了。」

老闆娘不大高興的咕噥著離開了。季揚問他媽：

「剛才不是說不點海鮮的嗎？」

「人家突然好想吃蚵仔煎嘛！」她噘著嘴，撕開免洗筷：「這家店搞不好是因為地點不好，生意才這麼差，我們就幫點小忙哪。」

「我看她不太高興呢，我們都點最便宜的……」

敏榆媽的笑臉突然一僵。坐在對面的季揚順著她的眼光往門口看去，只見空蕩蕩的路上穿梭著三兩個行人，並沒有什麼不尋常。

看到鬼喔！季揚納悶著，走到大冰箱前拿了一瓶蘋果西打。

肚子餓了，什麼都好吃。季揚他媽嘲笑三個孩子的吃相，敏榆媽只用自備的碗筷挾了半碗不到的炒麵和青菜。

敏榆先細心的注意到：「媽你怎麼了？吃不下嗎？」

「是這家店讓你沒胃口吧？不要緊，待會兒我們再去吃宵夜。」

敏榆媽勉強笑笑：「別擔心，我大概午飯還沒消化完，真的一點都不餓。」

幸好季揚他媽適時說了幾個她在非洲和亞馬遜旅行的故事，和關於吃飯的笑話，這頓飯雖然不澎湃，倒也讓孩子們吃得津津有味。

吃完飯，敏榆媽像平常一樣，先拿紙巾仔細的把她們一家三口用過的餐具上的油渣乾淨，再叫小淳拿去水龍頭下沖乾淨。但是女店員說廁所壞了，可以去用店門口騎樓柱子上的水龍頭，敏榆媽聽了就把小淳手上的碗筷拿來，說她去洗就好了。

去了半天，她拿著還在滴水的餐具回來，臉色變成日光燈，白裡透青。

季揚他媽從櫃檯結賬回來：

「怎麼了？臉色這麼難看，發生什麼事了？」

敏榆媽搖搖頭，收拾著餐具袋，雙手還輕微顫抖。

「沒什麼，我以為看到認識的人。沒事了，我們走吧！」

走回停車場的路上，敏榆和小淳被媽媽拖著跑，盡往人潮多的地方擠。敏榆媽不時回過頭來，顯然不是在意季揚和他媽有沒有跟上，卻像要確定有沒有甩掉某人。

等大家都上了車，敏榆媽急忙按下中控鎖上所有車門，又神經質的四周張望，確定沒有異常才發動車子上路。

「到底發生什麼事了？」敏榆和季揚媽幾乎同時開口。

「我說沒事！看錯人了！是我神經過敏！」

敏榆媽暴燥的吼聲，詭異凍結在車裡。

車子沉默行進了幾分鐘，敏榆媽說：「我看，我們今天直接開去台中吧？」

「你累了，還是好好休息……」

小淳大聲抗議：「不要！快九點了耶，我要睡覺！」

敏榆也說：「我們旅館訂金不是都付了？現在不能取消了吧？而且行李還放在那裡。」

敏榆媽揉太陽穴，歎了口氣。「好吧，我們去旅館。」

很怪。平常有點假仙的敏榆媽，突然變了個人，這時候拍一下她的肩，她準會嚇得彈起來撞到天花板。

小淳往後看著窗外，突然說：「咦！後面有一個人……」

敏榆媽慌亂的探看後視鏡，幾乎要尖叫：「什麼！」

敏榆連忙用手捂住小淳的嘴，噓了一聲。季揚轉頭看向車後，只見有個人披頭散髮的騎機車在車陣中蛇行。

「什麼嘛！只是有人騎車沒戴安全帽而已。」

這小子還一本正經的說：「對啊，違反交通規則，被警察抓到要罰錢耶！」

死白目！等下害我們出車禍！季揚狠狠瞪了他一眼。

季揚媽說：「不要緊吧？還是換我來開車？」

敏榆媽頑固的搖頭：「不必了，前面再轉個彎，就快到了。」

到了商務旅館，他們互道晚安，拖著行李箱各自進房。

◆

季揚洗完澡出來，他媽正坐在床緣胡亂按著電視遙控器。

「你有覺得愷雲阿姨今天晚上怪怪的嗎？」

「對啊，見到鬼了吧？」

「也許喔，是看到比鬼還可怕的東西了。很久沒看過她那麼緊張兮兮的樣子……」

「是哦！我還以為葉敏榆她媽媽一生下來就是這樣，」季揚誇張的翹起臀，嘴角微揚，扭捏走著小碎步：「像觀音菩薩一樣，老是笑咪咪，地震火災來了也不會跑吧。」

他媽大笑起來，很沒氣質的抱著肚子倒在床上狂踢腳：「哎喲！學得好像唷！」笑了半天，她側身倚在床上：「她小時候可不是這樣的，膽子小得跟老鼠似的。本來還覺得她變了個人，堅強又有自信，跟以前完全不一樣呢……咳，我還是去隔壁看一下狀況，你如果累了，就先睡吧。」

真是雞婆耶，睡個覺，明天就好了啊！季揚懶得開口。

等她一關上門，就拿起電視遙控器來繼續轉台：Discovery、卡通台、新聞、新聞、叩應、購物、拳擊賽、籃球、吸血鬼、老電影……怎麼都沒什麼好看的啊？

他關上電視，把iPad拿出來插上電源。玩了幾回合電玩，又開始無聊，開始上網亂逛亂點。

腳麻了，他想換個姿勢，撐在床上的手肘不小心壓到遙控器，電視螢幕亮了起來。只見幽黃的燈光下好大一張女人的粉臉，垂著長睫毛，溼潤的紅唇微張，女人的輪廓酷似家裡的媽媽，他心上突的一跳。

一張男人黝黑的臉偎了過去，貪婪吮啃著女人的耳垂和臉頰，女人更忘我的呻吟扭動起來。鏡頭慢慢往下帶，男人深色的手和女人白嫩光滑的皮膚形成刺激的對比，那隻手挑逗地解開女人的釦子，緩緩從腹部往上撫摸，最後握住渾圓雪白的山峰。那乳房水波般盪漾，撩起季揚下腹和喉頭一波波高漲的灼熱，身上到處嗶啵著小小的火花。口好渴，但是他的眼睛和身體都被施了咒，動不了。

忽然門口一聲輕響，他急忙關掉電視，一指撥開膝上的iPad，順手把枕頭拉過來遮住突起的褲襠。

「嘿！揚揚，你還沒睡？在幹嘛呢！」他媽一路嚷著走了進來。

「沒，沒幹嘛，在玩Game啦！」

他一抬頭，才看見敏榆媽媽跟在後頭，換了一件米色風衣和牛仔褲，看上去很清爽，大概剛洗過澡，沒有剛才那麼緊繃了，臉上的笑假得很悽慘：

「不好意思啊，揚揚，可以請你到我房裡去陪敏敏和小淳嗎？如果你累了，在那裡睡著了也沒關係。阿姨想和你媽媽在這裡聊聊天。」

他媽朝他亮了亮手中的罐裝啤酒：「對啊，我們要開slumber party，說些女生的悄悄話，男生不要待在這裡。」

「可是……」他有點不情願，剛才那個電影演到哪裡了？「喔，好啦！」反正也沒辦法繼續看下去，精采的部分大概已經完了吧？

他收拾好iPad和電源線往外走，他媽把一包洋芋片扔到他頭上。

「喂！把這帶過去，你們肚子餓了就一起吃。」

他咄了一聲，彎腰揀起洋芋片，怎麼有這種媽媽？跟小孩子一樣。

在走廊上徘徊了一會兒，為什麼他非得去葉敏榆的房間？

現在他沒心情跟人說話，她卻很愛跟他東拉西扯，不想回答還要伸手來戳他：「你怎麼了，生氣了？講話嘛！」

真煩！

但是這家旅館很陽春，也沒有什麼Lobby或休閒室，櫃檯那裡有電視有沙發，可是櫃檯有個馬臉女人杵在那裡，和她大眼瞪小眼也很尷尬吧？，離這裡最近的7-11還在兩條街外，走過去起碼要十分鐘，再說他也沒帶錢出來……唉，算了！他看看手上的洋芋片，轉身去敲葉敏榆的房門。

敏榆很快的開了門，一頭濃亮的黑長髮披在肩上，房裡只開著小小的床頭燈，昏黃朦朧。

「噓！我弟睡著了。」

她用氣音說著，把門掩上，領他經過兩張雙人床，讓他在盡頭的一張小沙發坐下。這房間比他的略大一些，看得出她剛才收拾過了，衣櫃門和行李箱都好好的關著，沒有露出他們剛才洗澡更衣的痕跡。

她大概剛洗過頭髮，換了一件小碎花合身T恤和櫻桃紅短褲，褲子樣式很普通，但是那褲子的紅配上腿的白，在幽黃的燈光下格外耀眼好看。大概意識到他的目光了，她從床上拉過她那條寶貝烏龜毯蓋住腿，坐在他旁邊另一張小沙發上。

「哪！」他把洋芋片丟給她：「一起吃吧。」

「可是……我剛刷過牙了。」

「那我就自己吃囉！」他把洋芋片搶回來，一把撕開包裝袋。

他嘴裡喀滋喀滋的特別大聲，奇怪了她今天怎麼這麼安靜，又在抱著膝蓋用手指捲頭髮了。床上裹緊被子的小淳像一座微微起伏的雪山。太安靜了，這樣嚼洋芋片真不是味道。而且這屋裡的光線暗得像洞穴，讓人頭昏。

「可以看電視嗎？」他用氣音問。

敏榆用手指指那座雪山：「最好不要，他對光線很敏感，太亮了他會醒來。」

「還真囉嗦耶。」

「喏！你不是有帶iPad來？用這個看電影吧！」

於是他們把兩張沙發並排拉好，又搬了一張小圓几來，放上插好電的iPad。

「你要喝茶嗎？還是要即溶咖啡？」

「幹嘛？喝了等下會睡不著吧？」

「我媽不會那麼快回來，而且我有點擔心她，她不回來我睡不著。」

「那……咖啡好了。你要看什麼？變形金鋼？還是星際迷航……」

「都可以，你決定好了。」

季揚在免費的電影網站上快速瀏覽著，忽然看到幾張男女裸身激情相擁的劇照，手指的動作不由慢了下來。

「來，你的咖啡！」

敏榆彎身把杯子放在桌上，偏頭一笑。他躲開她的注視，急急把螢幕拉向自己，口齒不清的說：「看《鋼鐵人2》好了。」

她替自己泡了杯紅茶，在旁邊的沙發坐下。怕吵到小淳，葉敏榆還細心的拿出自己的隨身聽耳機，一人戴一邊，雖然音響效果差了點，總比完全靜音的好。一旦沉浸在電影裡快節奏的聲光效果裡，季揚先前那些毛毛蟲似的心思就全縮回去了。

葉敏榆沒看過第一集，起初還問東問西的：史塔克有跟軍方合作嗎？為什麼他會變成鋼鐵人？那個小辣椒是他的女朋友吧？他一解釋，就會漏掉許多關鍵對話沒看到，還得再倒回前面看，他不耐煩的嘖了兩聲，後來她就不問了，安安靜靜的托腮靠在他的扶手上，散發著若有似無的洗髮精香味。

咖啡喝完，洋芋片也吃光時，才發現葉敏榆不知什麼時候睡著了，一頭長髮從沙發扶手垂下來，搔著他的手臂。他輕輕挪開自己的沙發，把她掉下來的耳機塞進自己另一隻耳朵，繼續看火花四濺的戰鬥場面。

啊！過癮！

意猶未盡的看完電影，他伸個懶腰，瞄到螢幕右下角的時間：11:23。這麼晚了！那兩個媽媽真長舌，還沒聊夠嗎？他想睡了。

他套上拖鞋，為了不吵醒房裡睡著的兩個人，像小偷似的走出房間。在走廊上，總算能大口呼吸了，他大大伸展手腳，轉動有點僵硬的脖子，走到自己的房門前敲了敲，沒有回應。他再用點力敲門，試著轉動門把，鎖住了。房裡似乎也沒有動靜，沒人，她們出去了嗎？

很煩耶！要出去也不說一聲，那他今晚要睡哪裡啊？

他悶著一肚子氣回到剛才的房間裡。上了廁所，漱了口，把自己扔上另一張空著的雙人床。

大概水聲太響，小淳皺著眉翻個身，沙發上的葉敏榆也醒了過來，看見床上的季揚。她揉揉眼睛，站起來活動一下發麻的手腳，悄悄走過來推他：

「喂，你怎麼睡在這裡？我媽呢？還沒回來？」

「不知道！」

「那你過去我弟那邊睡啦，不然我要睡哪裡？」

「你自已過去跟他睡。你剛才不是已經睡過了？還說什麼睡不著咧！」

「我媽還在你們房間裡嗎？我過去找她好了。」

「不用了，我剛才去過了，她們都不在。」

「不在？那她們會去哪裡？」

「大概去吃消夜，或是去買東西了吧。」

他打了個呵欠，準備翻身睡覺。她又伸手來推他。

「喂！你可別睡著啊，搞不好她們待會兒就回來了。」

「那正好啊，你可以過去那邊睡，不管了，我要睡了。你要睡旁邊我也無所謂。」

「哼！少來了，誰要跟你一起睡啊！」

只聽見她氣沖沖的腳步聲在床邊徘徊了一下，最後踱向浴室。

季揚沉重的眼皮緩緩閉上，墜入朦朧深沉的短暫睡眠裡，很快又被從空白的夢井裡拉出來，感覺到小腿上被涼滑的皮膚輕微碰觸著，背上似乎挨著一隻溫暖柔軟的小動物，還有一陣帶著清新潮溼氣息壓抑著，搔癢著他的後頸。

不是做夢吧？他用力閉上剛睜開的眼睛，床墊傾斜了一下，背後的重量在小心翼翼的挪移著。

是蛇嗎？要不要轉過去看看？蛇沒有這麼重吧，唔……一根髮絲掃過他的耳後，這洗髮精的香味……是葉敏榆？

腦海啪啦地翻過好幾個畫面：紅短褲下修長光滑的白腿、粉紅淺綠格紋泳衣裡藏著小饅頭、家裡媽媽沒穿胸罩的睡衣下波浪起伏、電視畫面裡放在豐滿乳房上的黑手，如果那是他的手……哎！雞雞又硬了，褲襠裡繃得好緊，好熱！

他忍不住翻過身去。碰！閉緊眼睛直挺挺倒在旁邊的，哈哈！果然是葉敏榆，還裝睡呢！

他暗笑一下，試探著伸出一隻手，假裝不小心碰到她滑嫩如蛋白的大腿。她不動，他也不敢動。

她緊抿嘴唇，沒有出聲。過了兩秒，他再悄悄抬起手，慢慢往上移。要在哪裡降落呢？腦中的雷達配合著觀景器，他的手在半空中巡弋，最後遲緩的下降，在比較安全的肚子上。

食指像小蛇，探頭鑽進棉質的碎花T恤裡，再來中指、無名指……柔軟光滑的肚皮微微顫抖，宛若一片蒸騰熱氣的沙丘。

他讓自己的手掌在那裡歇息了一陣子，感覺到自己的心跳逐漸加快，腦子裡浮現出先前看到的電影畫面，那隻放在白皙女體上的手，現在是他的了。

她還是用力閉著眼睛，呼吸有些侷促，他側過身去換一隻手，決定繼續這小小的冒險。手指探險家們蹣跚的往上爬，再往上，每前進一公分就暫停，彷彿在留神是否有追兵。慢慢的坡度變陡了，他嚥了嚥口水，大起膽子，一口氣攻頂，用手掌粗魯的包覆住那柔軟溫暖的……

碰！他們同時被門上的悶響嚇了一跳，房門被打開了，敏榆媽媽跌跌撞撞的進來，立刻又重重關上門。她一見到從床上彈坐起來的敏榆和季揚，和揉著眼睛半爬起身的小淳，連忙抬手撥開亂糟糟黏在頰上的髮絲，擠出一個扭曲難看的笑容：

「呃，揚……揚揚，你還在……？你可以回去了，還是你、你想，想睡在這裡？」

「怎麼了？你們剛才，你們……我有去敲門……嗯，那我、我回去了。」

季揚結巴著，從床上滑了下來，緊張兮兮的赤腳在地板上到處撈拖鞋。希望剛才敏榆媽媽沒看到他正壓在葉敏榆身上。

低頭從敏榆媽身邊閃出去時，他聞見她身上一股汗水夾雜著泥土的刺鼻臭味，腳上的便鞋和褲管上沾滿溼泥巴和草屑，外面下雨了嗎？

他做賊似的溜進自己的房裡，浴室裡嘩啦啦的水聲開得好大，他媽媽在洗澡吧？水聲中夾雜著像是嘔吐和哭泣的聲音，她們剛才八成是溜出去買酒喝，她又喝多了。

他鑽進被窩裡，心臟還砰砰的直跳。他把被子拉過頭頂，用手掌蒙住臉，想讓自己埋進深深的黑暗裡，指縫間，似乎還散發著少女若有似無的體香。

# 春水伊人

## 今年，三月十八日，嘉義東石

雖然春旭早有心理準備，但是停屍間工人一掀開屍體上的白布時，他還是被眼前那具腐爛發黑的軀體給駭住了：簡直就是蛆和細菌的集合住宅！乾縮猙獰的頭顱沒有皮膚，只剩下空洞的眼窩和幾撮髮絲，背後和大腿已經露出森森白骨，無法辨識出曾經有的疤痕和胎記。沾滿泥巴只剩破布的衣服，也不能確定是不是她的。有那圈深陷在腫脹的紫黑色左手無名指上的白金鑲碎鑽戒指，他有點印象，是他決定向她求婚時，用中秋節獎金替她買的。

律師朋友在電話中吩咐他：除了擠出眼淚，什麼話都別說。這不難，剛才阿誠打在他臉上那記拳真的好痛。

剛才的偵訊，應該沒什麼漏洞：他沒有主動說出薇薇寫匿名信，到他公司檢舉他濫用公款去替女人買衣服鑽戒，害他差點丟工作。也沒提到薇薇異常的小額收入，她說是幫別人帶小孩的臨托費，行情也未免太好了點。

說到薇薇給他戴綠帽，該死！他居然忘了該表現出丈夫應有的憤怒。對她動手，也不是只有一兩回……喔！還有，去年薇薇說要替小牛妹買保險，一直煩他，最後他替她和小牛妹保了沒？……好像有。糟了！最近不是有幾件謀害親人詐領保險理賠金的新聞，更何況他欠下不少卡債和車貸，他會不會也被懷疑？現在人都死了，又不能證明是她自己說要買保險的。

話說回來，薇薇娘家的親戚裡，阿誠是他唯一欣賞的人，爽快實在又有義氣，兩人去喝酒時也堅持各自買單，從不占他便宜。現在連阿誠也認定是他害死薇薇，不怪他，當初是自己被鬼迷住了才會和這家人結親。接下來他們還得一起處理薇薇的後事，以後就永遠不再見了。

但是薇薇怎麼會丟下女兒一個人離家好幾天？小牛妹可是她的命哪！

回殯儀館的車上，春旭試探著問阿誠，薇薇離家前到底發生了什麼事。

阿誠冷漠僵硬的臉抽搐一下。春旭本能的往後閃，就怕他又衝動起來。但阿誠只是默默盯著自己的鞋尖，沒有回答。

春旭一再逼問，他才鬆口說出薇薇離家前的爭吵，輕描淡寫：

「她在家最後那幾天愈來愈奇怪，不記得自己做過什麼事，還會在便利商店偷東西，好像也有打小孩……她根本是個神經病，好像頭殼壞去，是不是……你給她吃了什麼藥？」

「你說毒品？怎麼可能？我才不碰那種東西！」

「沒吸毒沒呷藥，把她逼得人不像人，鬼不像鬼，你也要負責任！她平常和誰見面，做什麼事，你都跟警察說不知道，你當她是什麼？空氣嗎？伊是恁某咧！」

春旭從鼻孔裡哼：「跟別人偷生孩子還裝做沒事，換成是恁某，你還會把她當做寶嗎？會嗎？你說啊！你不會氣到想揍人嗎？」

「呃，至少……至少我會，先跟她問清楚，到底是誰的……」

「唉！你又不是不知道你姐，她要是有那麼好說話，我們也不會搞成今天這樣。」他眼珠一轉：「不對，就算你們真的吵架好了，人都失蹤那麼久了，你們難道都不擔心，也沒想到跟她連絡或報警？」

「我們以為，她回去台北找你了。再說那時陣我腳又被她撞傷了，家裡亂糟糟……」

春旭緊抓住這根意外的浮木，咄咄逼問：

「你說我把她當空氣，不關心她，那你們呢？她身上有沒有錢，會跑到哪裡，沒有打過半通電話回家，你在乎嗎？這樣也叫關心她？靠！我看，是你們巴不得她早點離開，她不在，你們就輕鬆多了，省了不少麻煩是吧？」

「但是我要兼兩三樣工作，阮某要生了，還要養阿媽和你女兒……」阿誠虛虛的補一句：「我實在沒有時間……要是她好好的，還能在家裡幫忙，也就不會發生今天這些事了。」

「早知道，哼！早知道……」

白挨他一拳，應該討回來的。

前座的刑警總回頭提醒：「等一下你們可以把遺體領回去了，哪一位要填表格？要火化還是土葬，也要先參詳一下喔。」

兩個男人皺起眉對望一眼，又急忙躲開彼此的視線，剎那間，他們心裡閃現出同樣的念頭：

這女人生前死後，都只會造成旁人的困擾，假如……假如，**她是不值得活的呢？**

# 兩河交會

## 今年，三月二十日，台北

上完九點的健身課，又下水來回游了一千公尺，身體有種微醺暢快的疲憊。沖過澡洗了頭，在蒸氣室裡仔細用粗鹽搓掉皮膚上多餘的碎屑，圍著浴巾坐在檜木烤箱裡蒸騰出一身汗水，再到淋浴間沖乾淨，用毛巾包起抹好護髮油的短髮。塗過身體乳液，穿上俱樂部的純白毛巾浴袍，臉上塗了一層厚厚的冰河敷面泥，她拎起化妝包，在燈光昏黃的休息室最安靜的角落挑了一張按摩沙發，在扶手按鈕上設定了最弱速的頻率，蓋上薄毛毯，準備沉入若有似無的薩克斯風音樂和人工花園的幽黑香氛中。

鄰座女人翻開雜誌，愷雲瞥見自己曾經豐潤的臉，微笑炫耀二七五〇元的精華晚霜帶來的凍齡奇蹟。

她翻身藏進毛毯，雜誌上那個光采得意的女人，兩個月前就被自己的祕密擊垮了。搬家吧！到上海去，那裡沒人認得她，弘哥不必再兩頭飛，讓孩子上最好的國際學校，她可以用全付精神打理新家：更有味道的法式水晶吊燈，城堡領主的橡木長方宴會大桌，白蕾絲桌巾襯著花草蔓紋的銀燭台，古董實木餐櫃，角落櫃上配合時令的插花，再去奧地利挑幾組水晶杯和瓷餐具，雇個阿姨，調教她做出二十人份的台菜晚宴……不，她在想什麼？你怎麼確定這些新知舊雨，不會給你帶來更多甩不掉的災難？

從南部回來以後，她每天都要仔細看好幾份報紙，特別是社會新聞版。整個寒假她胃痛又失眠，感冒反反覆覆，不分日夜總在頸間繫條圍巾。

有天她獨自開車去雙溪拜訪一位半農半讀的作家，好完成親子雜誌的稿約。在荒僻的山上為了閃避一條野狗，撞上路邊的樹，把車頭和引擎都撞爛，安全氣囊爆了，左腕也嚴重挫傷。手傷加上修理費貴得嚇人，乾脆把車賣給報廢商。反正她買菜接送孩子多半靠走路，出門時公車捷運或計程車都很方便，養車反而麻煩。

她單手打字，在粉絲專頁上記述這段經過和體悟：**失去往往讓我們得到更多，簡單的生活讓心靈更富有**。發文不到一小時，按讚和關懷的留言立刻爆量。

除了吃藥，她還聽從醫生的建議，每天上健身房運動。上星期開始，總算睡得比較安穩，不再沒完沒了的夢見被勒住、或在沼澤中被追殺。那雙在暗處跟蹤她的眼睛已經永遠閉上，不用再害怕了。

直到前幾天，她在電視台錄完親子對談的節目，在休息區喝著導播助理送來的咖啡時，一行電視新聞跑馬燈害她嗆到：**鰲鼓溼地驚見浮屍！**

隔天的報上有更詳細的報導：

> 三月十六日下午四點左右，一位遊客在嘉義鰲鼓溼地賞鳥時，在滯洪池的樹叢間看到一包「垃圾」，通知管理員到場處理時，赫然發現一具腐爛的女屍。
>
> 位於嘉義東石鰲鼓溼地森林園區，是才剛開園不久的生態旅遊景點，占地

一千五百公頃，是台灣目前最大的溼地，豐富多元的自然生態，吸引大批過境的候鳥和喜好自然的遊客。林姓男子用望遠鏡賞鳥時，注意到紅樹林不尋常的黑影，才意外發現這具女屍。

根據初步了解，該女大約二十五歲左右，中等身材，死亡時間超過兩週以上，長期浸在水中，屍身大半腐爛，臉部無從辨識，應是勒頸窒息，失去意識後才被丟入水中溺斃。由於棄屍地點受到潮水變化的影響，目前找不到犯案線索。溼地公園管理員說，公園面積廣大，但他們會定期巡園，從未發現這處沼澤有異狀，為了環保的理由，公園沒有裝監視器，園區只開放到五點。當地居民指出，園區門禁不嚴，實際上是全天候開放，加上附近人煙稀少，有心人還是可以隨時闖入。

根據死者身上殘留的衣物及身體特徵，警方已繪製模擬畫像，公佈在查緝專刊，希望能盡快確認被害人身分，以便早日釐清案情。

不想讓孩子看到，她立刻把報紙扔進紙類回收箱。但是每個鉛字都烙在她的腦中，甩也甩不掉：「失去意識後才被丟入水中溺斃」？明明確認過沒有呼吸心跳了，難道**她**是慢慢被淹死的嗎？要是那時還**她**沒死，被人發現送醫搶救的話，恢復意識之後，**她**會對警察說什麼？

三天後的報導，內容多了一些。

> 經過警方多方訪查的結果，確認鰲鼓女屍的身分，是住在新北市永和區的女子廖薇薇（二十三歲），和袁姓男子（二十六歲）結婚，育有一名兩歲的女兒。去年十一月底，袁男發現女兒與自己沒有血緣關係，懷疑妻子有外遇，兩人口角不斷。十二月中廖女便帶著女兒回到彰化娘家長住，期間只通過兩次電話，廖女始終不肯離婚。廖女弟弟供述，廖女常回娘家小住，十二月回來時隻字未提與丈夫的爭執，但是精神狀況不穩定，舉止怪異，有被家暴的跡象。後來與姐夫通電話，才知兩人的婚姻出了問題。
>
> 一月十八日晚間，廖女因為故責打幼女，被其弟制止，廖女在盛怒中離家出走，之後音訊全無。由於廖女很少主動與家人連繫，推測她可能已回台北和丈夫談判，隨時會來接回女兒，因此並未報警協尋。

原來也是個母親！她從腳底冷了起來，雖然想過這個可能性，但沒看到報導之前，她一直在逃避這個可能。**廖薇薇**。這就是**她**的名字，**她**生前做過的事，**她**脾氣不好，婚姻不順利，**她**……愛**她**的女兒嗎？從新聞上看來，答案是否定的，也許**她**認為女兒綁住了自己，讓**她**無法過上像樣的生活，所以**她**才會那麼憤怒，並且把自己一生的不幸歸咎於根本不認識**她**的女人。

在墾丁那晚，收到管區大嬸傳來的縱火犯照片，確定那個滿懷惡意的女人存在之後，她的驚恐達到了頂點，更驚悚的是，那女人居然瘋到玩真的。原來這一串意外，早在半年前就按下啟動鈕了。為什麼偏偏是我？

那晚她恍惚從後視鏡裡看見一對陰沉的火眼，伴著一陣淒厲的叫喊：

**「都是你害的！該死的螃蟹，去死吧你！」**

螃蟹？那女人真的這麼說過嗎？

就像個殘破的傷口，事發時只能用遺忘和沉默草草止血。傷口乾了，結痂了，還是隱隱作痛。不換塊乾淨的紗布，好好清潔傷口，就怕會引發更致命的感染。要揭開這層紗布，需要極大的勇氣。

那晚在吳荻房裡喝啤酒，愷雲坦承被跟蹤的恐慌，吳荻不安慰她，卻分享自己從小到大應付過的各種騷擾故事：生澀的示愛、古怪的手工禮物、笨拙的字條、高中老師的性騷擾、午夜的無聲電話、窄巷裡拔刀相見的報復、威脅的電子郵件、在義大利變調的艷遇、學生帶槍來要求她改分數、割破的車胎、驚險的追逐……吳荻的輕浮格調和逗趣描述，彷彿事不干己，把每段經歷都變成了冒險和笑話。

愷雲時而驚愕張著嘴，時而笑到肚子痛，幾乎忘了先前的焦慮。放鬆之後，她們聊起大學的舊事。

「光看你的表情，我就知道你在心裡罵我。你記得英劇社演《Medea》那次的選角嗎？」

愷雲記得很清楚，那是她非常渴望爭取的角色。難度高，張力大，希臘悲劇裡被丈夫背棄，為了復仇，不惜殺了自己兒女的女人。她花了很多時間偷偷練習，就是演不出Medea絕望和憤怒的張力。

「那導演誰啊我忘了名字，你上台才演了一小段，他在底下就放砲了，說什麼『這個黃愷雲啊，心裡想什麼，臉上都看得出來。這麼緊張，她要是演捉兔子的大野狼，搞不好先被兔子給吃了！』」

愷雲噗的一笑。曾經耿耿於懷的小事，過了二十年都成了笑話：

「有那麼明顯？我演得這麼糟？」

「那是以前。你這幾年一定大有進步，不然怎麼當得上大公司的總經理和名作家？」

「喂！我靠的是工作實力，不是演技……」

「其實你還蠻適合女強人的角色，現在這種溫柔媽媽的樣子，還真叫我看不慣……」

「謝謝你喔。再怎麼看不慣，你也沒資格批判我的人生……」

「那你也別像個糾察隊，批判我不該給兒子買遊戲機，餵他吃速食……」

兩人喝了酒，都有點亢奮，吵起來互不相讓。最後是吳荻在梳妝鏡裡瞥見眼橫嘴歪的自己，愷雲的肚子剛好又咕咕叫了起來，她們不由得大笑，決定和解，穿上外套出去吃消夜。

「欸，說真的，哪天我死了，你會為我掉眼淚嗎？」

愷雲發動車子，假裝考慮一下。「不會！」

兩人對看一眼，小女生似的吃吃笑了起來。

◆

紅燈轉綠燈，車子正要起步時，卻有個人影竄出來，愷雲驚叫一聲，急踩煞車，悶而輕的撞擊，碰！只見前方一大團灰黑，動也不動。

「下去看看，」吳荻冷靜的說，「是他突然衝出來的，錯不在我們。」

披頭散髮的女人躺在車前，看起來沒有外傷，但怎麼叫怎麼推都不動。她的頭髮糾結，臉色慘白，深灰棉外套沾滿塵土和油漬，散發流浪多時的怪味。

愷雲看清她的臉，不由得哆嗦起來。

「就是她！今天晚上就是她一直在跟蹤我！」

「那正好，叫警察，叫救護車來處理。」

但是那年輕女人睜開迷惘的眼睛，自己慢慢坐起來。看上去沒有大礙，她們鬆了口氣。

「你還好嗎？沒受傷吧？」

吳荻警告：「我看她是故意跑出來讓你撞的，別理她，走吧。」

愷雲很堅持，「不行，還是帶她去醫院檢查一下，確認沒事再說。」

這瘦弱女子不再是躲在暗處的威脅。最大的善意總是能化解一切誤會。

「你確定？」

「我不能這樣丟下她，免得之後她又說我不負責任。剛才你不是勸我面對面解決？我受夠了，不想再躲她了。」她蹲下去：「……小姐，你還好吧，能站得起來嗎？來，我扶你上車，我們帶你去醫院。」

「No，別動她！還是我打電話叫警察來處理吧？」

那女子咪嗚哭叫：「不……不要叫警察……趕快，帶我……去醫院……」

「不行，」吳荻冷酷的袖手旁觀：「這不是我們的錯，到時候你要是賴在我們頭上怎麼辦？」

那女子執拗的呢喃：「拜託……快，快帶我去……我頭好痛……」

愷雲也焦急了：「會是腦震盪嗎？救護車不會那麼快到，我看我們還是先送她過去，檢查一下，我記得前面那條路有家醫院……」

她彎身低頭，把那女子一條細瘦的手臂繞到自己頸後（回想到這，她胳臂上都起了雞皮疙瘩），要吳荻到另一邊幫忙。

吳荻不情願的碎念一陣，到底還是幫她把那女子抬進了車子後座。那女人一鑽進車裡就虛弱的橫倒，占滿後座，吳荻只好坐回駕駛座。

「媽啊，臭得要命！」吳荻開了車窗，拍拍身上的羊絨小外套，嫌惡的往後瞪一眼：

「等著看好了，她一定還會玩什麼花樣。」

「她現在連坐都坐不住了，還能怎樣？」愷雲瞄一眼後視鏡，把車速保持在四十公里，用眼睛搜尋著醫院的路標。「咦，我記得就在附近……」

吳荻往前傾身：「用導航比較快吧。」

然後……事情就這麼發生了。一切都發生得太快，在她失去意識的片刻，命運就走上另一條從未出現在人生地圖上的叉路。

太不公平！這個廖薇薇到底為什麼這麼恨她，不給她解釋的機會？

◆

周刊標題是「**鰲鼓女屍含冤，薄倖夫婿嫌疑重大**」。照片中正從一部白色賓士駕駛座跨出來的戴眼鏡矮小男人，是某家辦公設備公司的業務。善於交際，喜歡名牌和女人，出手大方，據說負債也不少。七年內換過六次工作，不過依他朋友的說法，都是受新老闆賞識被挖角的。曾有黑函指他盜用公款，但是公司負責人澄清說，後來帳目核對清楚，完全是場誤會，公司裡的會計可以替他作證。

但是最令人疑心的，還是袁春旭和一位女同事交往密切，死者廖薇薇曾經帶女兒到公司大鬧一場。去年夏天他替妻女買了高額保險，十一月時，他瞞著妻子帶女兒去做親子鑑定，確認不是他的親生骨肉。他提出離婚，但廖薇薇不肯，夫妻反目。鄰居說，偶而聽見他們大聲吵鬧和小孩哭聲，可能有家暴，但沒人願意多管閒事。

袁春旭的父母是投資客，在他十七歲那年車禍雙亡，他成了有錢的孤兒。他拒絕被伯父和其他親戚收養，但是一點也不寂寞，吸來各色對錢味特別敏感的朋友，帶著他見識揮霍的快樂，嘗試他父母從沒做過的投資。夢幻般的逸樂生活不到兩年，他的財產便在金融海嘯中化為泡沫，連父母留下的房子都留不住，最後只好乖乖當個上班族，出手大方的習慣卻改不了。

記者推測：嚐過保險理賠帶來財富的甜美滋味，袁春旭非常有可能想再來一次。文章還穿插想像的電腦繪圖：一個眼鏡男一手摟著年輕辣妹，一手推開抱小孩的黃臉婆，男人頭上一朵浮雲，裡面塞滿鈔票。

對於薇薇回到彰化娘家的狀況，家人和鄰居互動，卻是草草幾筆。只說她是個乖巧又溫順的孩子，自小跟佛祖就特別有緣，高職一畢業，經由同學介紹，她就去台北工作。後來聽說她懷孕結婚了，沒請客，不過喜餅和彌月蛋糕倒是都有收到。偶而回娘家，她那位有錢的老公都會開車來接，夫妻看起來感情不錯啊，怎麼會遇到這種慘事真是太沒天理等等。

以上是電話訪問，不知是記者的懶惰，還是出差費有限？愷雲祈禱警察會參考記者的臆測辦案。

◆

昨晚敏敏突然問起她泳衣外的那件荷葉小短裙。愷雲像一腳踩空階梯。

「你不是不穿了嗎？我把它送到舊衣回收箱了。」

「可是我沒有說要丟啊，我想拿來幫娃娃做衣服……你應該先問我一聲吧。」

小女孩語氣裡充滿挑釁。

「自己的東西就該收好。你記得上回你把它放在哪裡嗎？」敏敏搖搖頭，她當然不會記得。「塞在『大灰狼』（她們對那部休旅車的暱稱）的後座袋裡，從南部回來以後，我開去洗車，就把它一起清理掉了。」

「可是那次我有跟你一起去洗車啊！我還幫忙清掉車裡的垃圾，我根本沒看到那條裙子！」

這孩子記性也太好。愷雲索性扯謊到底：

「那一定是你清理不夠徹底，因為後來我回去拿車時，洗車的人問我還要不要那條裙子，我就請他們幫我處理掉了。」

「怎麼可能……」

愷雲到她的縫紉機旁找出幾塊不用的印花碎布。

「喏！這些給你，別再為找不回來的東西煩惱了。」

敏敏開心的接下了，左挑右選之餘，忽然撈起一條黃藍水紋絲巾：

「欸媽～～這條是我送你的禮物耶，你不要了？」

愷雲急忙搶回來：

「哎呀！怪不得找不到，原來收在這裡！一定是我上次縫桌巾時不小心掉在這裡的，真是糊塗……」

敏敏牽動一下嘴角，欲言又止，帶著受傷的神情走回自己房裡。

她想去向女兒解釋，身子卻動不了：要用更多的欺騙來掩飾先前的謊言嗎？那條小裙子救了她一命，結束廖薇薇的呼吸之後，就被解下來扔進路邊的垃圾堆裡。敏敏送她的絲巾，她原本放在外套口袋，但是那一夜，它卻被用來清理車上的犯罪汙跡。她大可把它連同那一大盒用過的面紙丟到路邊的垃圾堆裡，但是她把它洗了又洗，仍舊帶回來，那是敏敏第一次用自己存款買的母親節禮物。

為了保住她辛苦掙來的幸福和名聲，再多的謊也是必要的。

警方和媒體現在認為廖薇薇的丈夫涉案的可能性最大，但她還是得繃緊神經。

那晚回到旅館，她衝進浴室刷洗泥汙的衣服和鞋子。敏敏問她發生什麼事了，她說是和吳荻出去吃消夜，兩人意見不合，就互相推打，不小心跌進水溝裡。

「蛤？好丟臉啊你們，有沒有被人看見？」

敏敏依在門邊，笑聲很勉強。這理由很怪嗎？

兩個中年女人打架，吳荻說，這不奇怪。這幾天孩子們都注意到，我們倆經常鬥嘴。

「呃……唔，應該沒有，我們，呃，我們把車停在很偏僻的地方，那裡剛好有一條溝……好了，你們趕快去睡覺。」

第二天回到台北，她就把那一袋還沒晾乾的衣鞋連同一般垃圾，全拋進壓縮式垃圾車裡。有點惋惜那件有型的風衣和Tod's豆豆鞋，但是吳荻說得對：如果不想被逮到，就要毫不留情，湮滅所有的證據。

吳荻現在人在哪裡？她看到新聞了嗎？

沒有被性侵的跡象，也不像是遭到搶劫殺害。根據最後看到死者的網咖老闆說，她接連三晚都是十一點以後才來光顧，點一碗最便宜的泡麵，兩三口塞完，然後上網或睡覺，到早上七點才離開，看來是為了省錢把網咖當旅館。她身上有味道，附近的包廂都沒人想坐。

模糊的錄影定格畫面，黑白粒子很粗大，還是能看見廖薇薇駝著背，拎一只超商塑膠袋，鬆垮的毛線外套和運動褲橡膠洞洞鞋，蓬亂的頭髮扎著鯊魚夾，沒有表情的走向網咖櫃檯。只剩性別，沒有身分，沒有生活氣息……

◆

愷雲洗過臉，上完繁複的保養程序，再仔細描好眼線唇線，把新剪的短髮吹出蓬鬆的層次，艷麗的妝容和雜誌上的淡雅完全兩樣。巨大的化妝鏡裡，可以清楚看見身後許多半裸女人，衰老鬆弛，蒼白浮腫，或者贅肉橫流。偶然有一個苗條勻稱的背影，或是飽滿有彈性如香瓜的乳房經過，總會吸引一陣嫉羨的眼波跟隨。

走出健身俱樂部，她沒有胃口，也沒心情去美容院或看電影，只是曬著初春的陽光，漫無目的跟著人群走。前面三個併排走的粉領女孩，亮麗的短裙搖曳如花，高跟鞋叩叩叩，嘴裡嘰喳不停，抱怨女主管早上如何機車，哪家新館子菜色不錯……再怎麼瑣碎的煩惱和不滿，一頓美食或一件新衣就能消除。這種單純的快樂，早就和她絕緣。

剛進家門，來小住幾天的媽媽從廚房探頭出來，問她怎麼不開手機，好幾通電話打來家裡找她。

「啊對了，有個女警察，姓楊的，打來兩次，要你趕快回電話給她……是安怎了，警察怎麼會打來？」

警察！愷雲的心跳突突狂跳起來：不會吧？想到那個管區大嬸，才稍微定下神。

「喔？可能是想問我車禍的事吧。」

她沒跟媽媽提過家裡被縱火，免得她擔心。她先上樓，給自己泡杯茉莉香片，一一回覆電話，確認好講座讀書會的邀約和出書的進度，排定學校愛心媽媽的故事時間。和朋友們互相問安，上網看完累積幾天的留言和郵件，又到廚房去，請媽媽記得油鹽少放點，炒高麗菜時加些枸杞提味。最後才關上房門，拿起楊警官的電話號碼。

果然。楊警官過年前寄了一封附加圖片檔的電子郵件，想請問她是否收到了。

「啊！真抱歉，我收到了，但是忙著過年，所以忘了回信給您……」

「別放在心上。聽葉先生說，您那幾天到南部去旅行了？」

在懷疑她嗎？想起楊警官鑲滿細紋的笑容和精明假意的小眼睛，討厭。

「是啊，孩子們放寒假，帶他們和朋友去墾丁玩。」

「真好，你們一定玩得很開心。……是這樣，我長話短說吧，上回寄給您的照片，是去年在您家巷口的監視器拍到，有人指認，應該就是縱火的嫌疑犯。我們正在追查這位女性的身分，前幾天她的屍體在嘉義被發現，名叫廖薇薇，二十三歲，有一個小孩，不知您認不認識？」

「咦，廖什麼……？我不認識。上次收到的那張照片，我也沒有印象。您確定，和到我家縱火的是同一個人嗎？」

「沒錯，在您家院子裡找到的可樂罐，上面的指紋，經過比對，和嘉義的女屍是同一個人。所以這件命案，我想請您提供協助，不知您今天或明天是否方便，到我們分局來談談？」

「對不起，我很忙，大概幫不上什麼忙，關於縱火的案子，該說的我都說過了。」

「是是……老是這樣打擾您，真不好意思。我可以再請教最後一個問題嗎？」

要問什麼？「……請說。」

「想請問您是哪天出發到墾丁？哪天回台北？中途去過哪些地方？」

問心無愧的人，會照實說吧，或者也有可能遺漏？

「請等一下，確切日期我忘了，我要再查查行事曆。」

她把電話切換到等候狀態，打開手機上的日曆……等等！廖薇薇那天是碰巧在嘉義看見她，還是上網查到她的臉書打卡紀錄？她努力回想著，那天在鰲鼓生態展示館裡有個打卡換貼紙的活動，小淳很想要，所以她拿出手機……

瞞不掉的，她老實說出那幾天的行程。停留在嘉義的那一晚，她們早早回到旅館休息，第二天一早就開車回台北。

「對不起，還是想再確認一下，您真的不認識廖薇薇？負責這件命案的同事在她家找到您寫的三本書，書上有作者親筆簽名。從她電腦上瀏覽的紀錄看來，應該是你的忠實讀者，對你的動態還蠻注意的。」

她心裡警鈴大作：「我說過了，我真的不認識，買我書的人不算少，簽書會我每場起碼簽上兩三百本，不可能每個人都有印象的。至於部落格和臉書嘛，別人要怎麼瀏覽搜尋，是別人的自由，不是我能掌握的。」

「說的也是。不好意思打擾您了，之後可能要再請教您，方便的話，還是希望能和您當面詳談。」

「唔，我這陣子身體有些狀況，工作進度也耽擱很多。有問題的話，麻煩電話連絡就行了……希望你們能早日找到凶手。」

總算掛上電話。她焦躁了起來：得盡快連絡上吳荻，得比警察早一步找到她。

撥了吳荻的手機，是空號。她從香港回來了沒？她假裝不經意問起季揚的事，敏敏總是不耐的閃躲：「我哪知道啊？」、「我很久沒跟他說話了。」小孩子吵架了？

還能問誰……季揚的後媽？打電話去，連客套話也省了，那慵懶低沉的聲音冷淡而直接：「不知道！很久沒看到她，也沒打電話來。」

就這麼斷線了。吳荻那晚的凶狠刻薄，讓她很受傷，但要不是吳荻的果斷俐落，她現在就不會坐在家中這張安樂椅上吧？

對了！去問媽媽，和她聊聊老家的事，迂迴曲折的提一下吳荻，也許媽媽會知道吳荻父親那家工廠？……從前同社團的人都沒連絡了，或者她可以打電話回大學查，也許吳荻和社會系的某個教授還有往來……但是，找到了吳荻，要跟她說什麼？讓她再氣焰囂張的罵自己沒膽怕死又白痴嗎？或者，吳荻的病情惡化了，正在美國哪間安寧病房靜靜的等死？

她在房裡來回踱步，欣然的吞下一顆顆「也許」，又懊惱的吐掉苦澀的「不行」，像頭困在柵欄裡的獸。多想找人好好傾吐，但是除了吳荻，還能對誰說？聰明細心的藍也許懂，但是她不想把他牽扯進來，更何況他正和新男友在伊比薩島渡假。

稚嫩吱喳的呼喊響起，孩子們放學回家了？她照照門後的鏡子，攏齊頭髮，塞到耳後，挺起胸，做出最溫柔開朗的微笑，轉開門把。

# 愛慾的漩渦

■今年，三月二十二日，台北■

你可以不必這麼做的……士弘很想這麼說，但是一波波的快感使他忍不住呻吟出聲，她的舌頭有點拙，牙齒偶而會弄痛他，但是她那麼專注那麼投入而且結婚那麼多年來第一次……喔喔！他不行了。

她很溫柔的替他清理乾淨，沒有用舌頭，有點小失望，他還是感激的摟住她，一手慢慢探進她的衣服裡。她躺下，輕撫他的臉頰。

「你累了吧？早點睡。」

「再等一下，我們還可以……」

她用一個吻堵住了他的嘴，輕柔而堅定的。

「這樣就夠了。明天還要早起呢！愛你。」

什麼夠了，不是才剛開始？但是她翻個身背向他，呼吸勻勻的睡去了。

好吧，永遠要對明天抱著希望。上次和她做愛是什麼時候？起碼半年前嘍。房子大就有這個壞處，他常常應酬晚歸，愷雲又習慣早起大陣仗的做豐盛早餐，反正還有多餘的客房，所以他們幾年前就分房睡了。

這回岳母北上來小住，他把客房讓出來，頭幾天還睡得真不習慣，像梁山伯祝英台似的，床中間就差沒擺碗水。好不容易，前天她開始會在睡前擁抱他，友愛而沒有性暗示的，一隻手靜靜環在他胸前，一分鐘後再收回去。

明天岳母要回去了，他還能留在這張床上嗎？

遇到愷雲之前，他有過幾段狂野的性關係，和女孩們窩在小而骯髒的公寓或小旅館裡，不分日夜盡情嬉戲，純粹享受身體的年輕快樂，幾乎沒有像樣的談話。

性事不再有禁忌時，就變得很無聊。他用空出來的時間打籃球、學網球、游泳，每天慢跑五公里。運動後的身體疲勞卻輕快，和以往做愛後消耗完的沉墜感不同，可以孤獨，也可以結伴，呼吸的空氣和看見的風景都不再一樣。

被他的陽光氣息吸引而來的人，除了藍，還有許許多多，但是他卻被藍帶來的愷雲深深吸引。

遇見一〇〇%的女孩，那就是愷雲。

退伍後，藍還是他的最佳球友，工作再忙，他們每隔一兩星期必定會相約騎單車打網球，再一起吃頓飯，或是下班後到Pub喝一杯。

山普拉斯和阿格西的溫布頓對決那天，他記得很清楚，本來他們坐在吧檯邊喝啤酒，全神盯緊電視實況轉播的世紀冠軍爭霸戰。後來藍接了通手機，說有個朋友要過來，他出去一下，不久就帶個女孩進來。

到底山普拉斯怎麼打敗對手的，他完全沒有印象了。

他一向喜歡Hooters女郎的大胸脯，艷麗的長睫毛大眼睛，展露曲線的健康妝扮。愷雲學生式的簡單清爽，完全不符合他的理想美，但是她一開口，他的心就不可思議的被吸住了。人聲音樂沸騰的Bar裡，她柔細的說話聲他聽得特別清楚，話不多，卻替他在煙霧迷漫的心裡開了好幾扇有風有景的窗。

不算漂亮，妝化得還可以，身材太扁，套裝稍嫌保守，頭髮要再長一點直一點……但是趕著上班或刷牙蹲馬桶時，他滿腦子都是她，還有她凝望藍的眼神，他希望自己也能那樣被注視，深情到令人心痛。

她提過最喜歡的作家是村上春樹，他立刻買了所有能找到的中譯本，有空就看（還好她沒提到卡夫卡或杜斯某某斯基！）。讀著讀著，他突然有點領悟：原來他是被她看似開朗，但內在有些扭曲陰暗的什麼給迷住了。

他從小就對猜謎、拼圖和走迷宮這類遊戲特別感興趣，以前交往過的女孩子，都只是用本能就可以應付的體育對手，好玩但不用太花腦筋。愷雲就完全不同，聰明不外露，可以像哥兒們和她亂開玩笑，也可以和她嚴肅討論複雜的勞資和成本問題。

起初他們碰面時都是三人行，後來藍鼓勵他單獨約她出來。慢慢知道她童年的糗事、父親曾經倒會欠下大筆債務、有輕微潔癖、怕有毛動物，喜歡紅酒勝過啤酒白酒，熱愛瑜伽卻討厭跑步，寫的一手能上報的好文章……但對他而言，即使卸去她所有的衣物，深深進入，她仍然是個難解的謎團。

他盡了最大的可能讓她快樂，她也曾經那麼熱情的迎接他……

睡不著，他悄悄下了床。到餐廳喝杯威士忌，明天一早還有兩個會要主持。

他的卡琳拉森。摩娑桌面曖曖的光澤，他不禁微笑了：當初還沒找到這張餐桌前，愷雲不肯將就市面上的家具，認真的到處去找木頭，甚至還跟師傅學做木工呢！她嫌插花課老師太俗氣，硬是找了一堆園藝書來自學。牆角柔媚的鐵線蕨，天花板上垂掛翡翠般剔透流洩的嬰兒眼淚，繽紛五彩的非洲堇，把原本平凡老舊的廚房，擺設成精緻的溫室餐廳。

她還沒辭去工作前，他們抽空到北歐去二度蜜月，在斯德哥爾摩看了卡爾拉森的畫展。精於園藝和室內佈置的拉森夫人卡琳，讓丈夫的畫呈現優美明亮又溫暖的家居氣息。看著一幕幕家庭日常活動和聚會的幸福場景，愷雲讚歎：我也好想住在畫裡。

他們終於住在她的夢想裡了。

許多人抱怨老婆婚前婚後兩個樣，他倒喜歡愷雲總是讓他驚奇的新改變。先是個聰明的氣質女孩，結婚後，成了一路高升的女強人，那段時期是他們性生活的最高峰。但是隨著孩子們的出生，小淳的狀況頻頻，也是衝突最多的時期。

他們一起努力掙到這棟房子之後，她突然宣佈要放棄工作，回家當主婦。起初有點擔心，她會不適應沒有頭銜沒有下屬的生活，後來證明是他多慮了。

她很積極投入社區的主婦圈，參加各種親職團體和課程，廚藝園藝手工親子諮商，樣樣從頭學起，忙得比在職場上更起勁，性慾卻急速退潮。她總是在文章中，向讀者娓娓訴說自己如何將對丈夫的愛，表現在每一道可口的菜餚或貼心的日常動作裡。

這麼一個賢妻良母，和他逐漸增加的財富地位相輝映。他很滿意自己在別人眼中的形象，但是他對蕩婦的渴望，只能在妻子的默許下向外尋求。

微弱的叮咚兩聲，這麼晚了，誰還會傳簡訊？是美國那邊的客戶嗎？他放下酒杯走向客廳，只見昏暗中格外明亮的發光手機，螢火蟲似的飛到沙發上。

「小淳？」他看清楚手機前的那張小臉：「怎麼還不睡？在這裡做什麼？」

「我起來尿尿。」

他在小淳身邊坐下。

「你是想玩我手機上的遊戲吧？」

「沒有啊，我只是聽到有人傳Line給你，你看。」

他接過手機。

我到台灣了，有空見個面吧！想你。

底下貼上一張溼潤的紅唇照片。他急忙刪掉。

「那是誰啊？嘴巴好大。」

「一個老朋友。好啦！快去睡覺了，明天還要上學。」

小淳揉著眼睛站起來：「我也想要一隻手機，可以拍照的。」

「你想拍昆蟲嗎？手機是用來打電話的，用相機就行了。媽媽不是有一台舊的數位相機？你可以跟她借啊。」

「可是媽媽也有一隻舊iPhone啊，就是上次從警察局拿回來那隻，她現在都沒在用了，我想跟她借。」

「好好，明天早上你再問媽媽，現在該去睡了。」

他忍住答應買隻新手機給小淳的衝動，這是哄他去睡覺最快的方法，卻會踩到愷雲的紅線。生在滑世代的小孩，要他們不被手機平板吸引，就像不准狗啃骨頭一樣違背自然，更何況愷雲自己就是手機和電腦的重度依賴者，這樣嚴以律人寬以待己，實在沒有道理。沒必要和她唱反調，畢竟管教孩子是她的工作。

小淳總算回房去了。這孩子的脾氣比從前好多了，記得有一次全家到一家湖邊餐廳，四歲的他為了一隻被魚吞進肚裡的甲蟲，足足哭鬧了三小時。多虧愷雲超強的耐性，否他真會把小淳直接丟進湖裡。

除了性，他對愷雲實在沒什麼可挑剔的。幸福股份有限公司，他曾經自嘲的對她這麼說，我們兩個是公司的合夥人，敏敏小淳是小股東。她微笑同意：是啊，孩子的持股會慢慢增加，但絕對不能讓別人認購股票喔！

愷雲樣樣都貼心，既能和他分享報上的趣聞和工作的困擾，一起逛街採買、戶外踏青，也不嫌棄陋巷裡的美味小館子，還能百般容忍，讓他沒有後顧之憂。中年的他總算體悟出來：這才是真正的愛情。

但是一個多月前，舊曆年前後，愷雲又變了：神經緊繃、身體虛弱、經常焦慮和發呆，晚上他們開車出門，救護車警車尖銳的鳴笛聲都會嚇她一跳，有一次他在路口的紅燈前停下，有個賣玉蘭花的女人過來敲窗推銷，愷雲居然尖叫出來。

他問她到底發生什麼事，她只說是太累了，變得有點神經質，想好好放個假。他有點疑心，難道她發現了他在上海的新女人？

免費送上門來的女人最昂貴。自從收到俞心發來的Line，他的手機就成了他頭痛的來源，不論他正在開會吃飯或站在小便斗前，時不時叮咚一聲，像隻失控亂叫的吉娃娃。

俞心是他到上海開設分公司時認識的健身俱樂部店長，長相甜美，身材火辣，是招徠會員的活招牌。她熱愛工作，青春有活力，談起各種運動訓練和器材，臉上就煥發令人心醉的光芒。夜裡她來敲他下榻酒店的房門，他難以抗拒，同時還驚喜的發現，她對情趣玩具的知識掌握得和飛輪健身車划船機一樣多。

士弘以為熱愛運動，對身體和美貌有自信的女人，只會把性事當成另一種不涉入感情的運動，但這回他錯了。在上海待了一星期，俞心幾乎每晚都來，替他卸除白天的疲勞和壓力，她說他的禿頭超性感，還讚美他根本不像快五十的人了，技巧和持久力比二十出頭的小伙子還棒。

他沒有天真的被她哄上天，有點懷疑過兩天她就會露出原形，要他買鑽戒和名牌包。

但是他們汗水淋漓滾了四五天的床單，她只讓他請吃過一頓Jean George，連客房服務的小費都堅持自己付。工作場合上碰到時，她只會保持在五步以外的距離，客客氣氣喊他一聲葉總，勤奮俐落的轉身去處理會員投訴和教練的班表。獨處時，她完全褪去白天可敬的專業形象，除了銷魂的呢喃、忘我的喊叫之外並不多話，夜半來天明去，就像聊齋裡的完美女鬼。

現在她上門來討債了。

該不該和她見面，把話說清楚？

見了面，會不會更糾纏不清？

◆

第二天，他打電話向藍求救。藍剛從西班牙度假回來，客廳到處堆著沒整理完的行李和購物袋，時差造成的憔悴，掩不住他渾身輕快的喜悅。屋裡處處吹拂情慾被充份滿足後的慵懶春風，士弘簡直要嫉妒起來。

「還好我不是kaya，否則我一定把你閹了！」藍點上一根精油蠟燭，微笑睨著他：「你還真是學不乖啊！」

「是是，我知道，我活該。拜託藍大師開示一下，這女的今天還到公司來堵我，幸好我先瞄到，從後門溜了，但這樣下去也不是辦法。」

「那女的想要什麼？」

「她說她愛上我了，打算在台北找事做，就可以常常看到我。」

「我看是她想利用你當跳板吧？你們在上海的事，如果沒有第三個人知道，你就乾脆來個死不認帳。」

「要是有這麼容易就好了。」士弘苦笑著打開手機：「她傳了這些照片，也不知道是什麼時候拍的。」

藍接過來一看，不禁咋舌：「要命！怎麼拍的？她打算拿這些照片威脅你？」

「她說這是我們相愛的證明，要是我再不回她電話也不跟她見面，她會把這組照片寄到公司每個人的電子信箱裡。」

「這樣啊，那的確有點難辦了，要怎麼讓她把這些照片統統交出來……」

士弘苦悶的長嚎一聲，抱住頭，兩人陷入長長的沉默。藍起身坐到電腦前，滴滴答答打著鍵盤，突然回頭問：

「她是怎麼來台灣的？跟團還是自由行？」

「呃，好像是自由行吧，應該沒有行程要趕，問這幹嘛？」

「那就好辦了！」藍響亮的一彈指：「我有個好點子，包管她兩星期內就和你斷得一乾二淨，不過得花點錢就是了。」

士弘振奮的幾乎跳起來：「哎！錢是小事，能早點處理完就好。快說！是什麼好辦法？」

藍咔咔的扳著指節，慢慢把轉椅旋向他：

「你能保證，以後都會好好管住你的老二？記得三年前你的那件事吧？kaya看起來堅強，其實她一直很在意，只是為了不影響孩子，拼命壓抑自己的情緒，你最好別濫用她給你的自由。」

「要是她能更熱情一點，像正常女人偶而吃醋……」

難道老婆成了聖女，我也得跟著變和尚？要是沒了性，我和她的關係不就和你差不多？要是沒有我拼命賺來的錢，她還會需要我嗎？士弘按捺住幾乎脫口而出的委屈，把自己抛回矮沙發裡：

「好吧，就算是我不對。不過她最近有點，怎麼說，好像變得很敏感很脆弱，那次車禍她真的嚇到了，到現在都不肯讓我再買車。」

一想到那輛車頭包住樹幹的BMW X3的慘狀，他就心痛。藍毫不同情的戳他一下：

「反正公司都配司機給你了，你老是出差，愷雲現在用車的機會也不多。我看，是你想趁機換新車吧？」

「算了，你說的也有道理。不然照她那樣子開車，就算買坦克也不夠她撞。」

「那陣子讓她煩心的事不少，小火災啦，被偷拍什麼的，你在家的時間又不多，還有照顧小孩……她沒和你談過這些嗎？」

「有是有，不過你也知道她好強，總是說的很輕鬆。唉，不提了，你剛才說的好辦法，到底是什麼？快說來聽聽……」

士弘再喝了兩杯，和藍定好週末的高爾夫之約，心情極佳的搭上藍替他叫的計程車回家。

這回可別再讓愷雲傷心了，他想，等這麻煩順利解決之後，該休假幾天帶她去二度蜜月，孩子們夠大了，請老媽或岳母再來照顧吧。如果沒有孩子在身邊，沒有一大堆家務工作讓她煩心，也許她就能放開自己。

去哪裡好呢？夏威夷？馬爾地夫？不不，還是馬來西亞的綠中海好了，他們可以在屬於自己的小島裸泳，再來個浪漫的燭光晚餐……這麼胡思亂想的時候，他的手機又叮咚兩聲。

好想見你！躺在床上，想你想到妹妹都溼透了。你現在哪兒？

又是俞心！他嚥下口水，指頭在螢幕上摩娑著，彷彿能觸摸到她潮溼溫熱的雨林。

他終於還是點了刪除鍵。

車進了他家巷口，正要吩咐司機在前面五公尺處停車時，卻見到一個人影貼在他家門外，試圖朝門縫裡窺看。車燈接近時那人轉過臉來，是俞心！

「別停，繼續往前開！」

他要司機彎過曲折窄小的巷弄，繞到大路上，在另一條車子進不去的防火巷前下了車，撥了愷雲的手機，要她開後門讓他進去。

得編個好理由，免得她懷疑。他急步走向家門：有了，就說是一個被他開除的女員工，想用性騷擾當藉口來報復，呃，最好別扯上性，不然愷雲可能更不相信他，說金錢或業務糾紛好了。他在紅漆鐵門上輕敲兩下，門開了，愷雲慘無血色的臉嚇他一跳，還沒等他開口，她搶著壓低聲音問：

「你看到門口那個人了，是女的吧？」

「嗯，我……」

「太好了，我以為是我的幻覺！」愷雲撫著胸口，激動的拉開廚房紗門走進屋裡：「她按鈴說要找你，我說你不在，她就說她可不可以進來等，騙人的，要是她進來她一定會對我……」她忽然停住嘴，疑心的回頭看他：「你認識她嗎？」

士弘謹慎的改變主意：「唔，不認識。我只是擔心會不會像上次一樣，又有人跑來亂丟汽油罐，想想還是從後門進來，免得正面起衝突。喔，對了！」他提一提手中的沉重紙袋：「大藍回來了，帶了兩瓶紅酒送你，還有……」

他想到紙袋裡那條包裝極美的Loewe絲巾，女人都會喜歡吧？

「別擔心，我打個電話給保全，請他們注意一下。孩子呢？有沒有嚇到他們？」

「還好，他們九點就睡了。那個人，過了十點才來。」

他摟摟她的肩，「你先回房裡去，我替你倒杯酒壓驚。頂級的Rioja，〇四年的，你一定喜歡。」

愷雲順從的上樓去了。他放下手上的東西，拿著手機走進浴室，關上門。

在同事家加班開會，今天不能回家了。明天晚上有空嗎？我也想見你。

才剛送出訊息三秒鐘，他的手機立刻歡天喜地吠個不停：

真的嗎？

好高興！

（一串愛心加熱吻和性感兔女郎的貼圖）

要帶我去哪裡？幾點？

我再想個好地方，明天告訴你。我要繼續忙了，早點睡，晚安。

好，說定了喔！

（一隻熊和小白兔充滿愛意的互相擁抱）

再等五分鐘，手機終於心滿意足的沉默了。

他抽出紙袋裡的Loewe，放進公事包裡，再打開紅酒，拿出兩隻水晶高腳杯，上樓走進主臥室。愷雲關了燈，站在黑暗中的落地窗邊往外窺看，他端著兩杯酒，走到她身邊。

「那個人……還在嗎？」

「剛剛走了，希望不會再回來了。」

「放心，」他把酒遞給她，環住她的肩：「她不會再來了。」

她偎在他肩上，大大舒了口氣。他能感覺到她體內還有根顫抖的芯，他把她輕輕拉到床沿坐下，準備去扭亮床頭的檯燈。

「別開燈！」愷雲叫道：「樓下的燈你都關了吧？」

「還沒，我待會要去樓下的房間……」

愷雲猛然拉住他的手，杯裡的紅酒潑濺出來：「別走，今晚睡在這裡，陪我！」

「噯！小心酒…」

愷雲一口氣喝乾杯裡的酒，又搶過他的酒杯放到床頭几，用從未見過的熱情緊抱住他，直往他懷裡鑽，一隻手急切解開他的釦子。

看來他可以打消二度蜜月的計畫了。士弘把按摩蓮蓬頭調到最大段數，讓強勁的水柱衝擊身上每一顆歡喜吼叫的毛孔。愷雲居然不嫌棄他還沒洗過澡，完事後也沒沖洗就睡著了，真不像她，是開竅了嗎？剛才她的表現就像拚命想掙脫蛹殼，不對，或者說就像第一次嘗試跳水的人？那種閉緊眼睛不管三七二十一豁出去的感覺，她甚至還發出聲音！

痛嗎？他停下來問。她撫摸著他的臉：不會，很舒服，別停。

他總算看清她了：她在改變，他愉悅的肯定自己的猜想，恐懼使她需要他的保護，卸下看似堅強的武裝，學著縱情享受生命。她的讀者和編輯封她為生活的行家、食物的魔法師、家事女神、孩子的守護者什麼的一堆好聽頭銜，只有他明白，她只是依循世人的標準，加上自己細心獨特的觀點和文筆，全心做到最好，同時花更多努力去掩飾自己努力過的痕跡。

國中時他最討厭班上那些做作的女生，考試前說哎呀怎麼辦，我都沒唸書，然後就考個全班最高分。愷雲以前也是這型的吧？出於成熟男人的理解，現在他只覺得疼惜。

慢慢來，總有一天，他會把她內在扭曲的**什麼**釋放出來，鬆開那些繃得太緊的家規，說服她閉上監視自己的另一雙眼睛。他會讓她知道，即使她不完美，即使他有時荒唐，他還是從未停止愛她。

還是帶她去渡假吧，他入睡前朦朧微笑著想，等俞心的問題解決了……

◆

■ 今年，三月二十四日，台北 ■

一早，他就被香菇雞腿粥元氣飽滿的芬芳給喚醒。下了樓，只見孩子們都穿好衣服坐在餐桌前，愷雲像隻忙碌的母雞在他們身邊打轉，這樣溫馨熟悉的家庭氣氛好久不見了。

「早啊！小朋友。」

他把手搭在敏敏肩上，像平常一樣要湊過去親她，她卻一扭頭，眼底還含著淚。

「怎麼啦？」

敏敏低頭扒著粥，他又問小淳。小淳正專心在紙上畫他的捷運路線圖，沒空理他。

容光煥發的愷雲從廚房端出香菇粥、一碟暖補麻油蛋和炒山蘇放在他面前，高亢的宣布：「我今天要去花蓮，有個三天兩夜的身心靈療癒之旅，名額有限，我好不容易才被錄取了……」

敏敏惡毒的補充：「媽要請奶奶過來住幾天，我不喜歡！奶奶做的菜超難吃！」

「講話不可以這麼沒有禮貌！不好吃你可以自己做！」愷雲扔下圍裙，向敏敏咆哮：「我替你們做的還不夠嗎？為什麼我不能出去放鬆一下，非得關在家當個煮飯婆不可？」

愷雲少見的粗暴，連小淳也嚇了一跳。

士弘沉下臉：「這麼突然？你跟媽連絡過了嗎？」

「真對不起，昨天忘了跟你說，我已經跟媽說好了。這個心靈能量體驗營一年只辦兩次，我也是昨天才被通知可以成行，就忙著訂火車票什麼的。這孩子從昨天開始就跟我鬧彆扭！」

敏敏反駁：「前陣子是外婆，現在又是奶奶！爸爸已經很少在家了，如果媽媽也不在，那我們不是跟孤兒一樣嗎？」

愷雲像挨了一鞭：「你在胡說什麼！」

士弘連忙攬住敏敏安撫：「爸爸這幾天都會在家，讓媽媽休息一下吧。」

敏敏推開碗站了起來，嘀咕著：「休息，又要休息！我們都開學好久了，媽媽怎麼還在放假？真的很奇怪耶！」

他該像個嚴父怒罵忤逆的女兒，還是……？士弘拿不定主意，只能喊住背起書包就往外走的敏敏：

「等一下，等弟弟一起上學。」

「不要，我會遲到！」

女兒進入叛逆期了嗎？士弘目送她出了門，搖頭苦笑。正想催小淳上學時，卻發現愷雲青著臉緊抓椅背，彷彿隨時都會倒下來，連忙趕過去。

「你還好嗎？哪裡不舒服？來，先坐下來！」

士弘一面打發小淳出門，一面替她倒了杯水。

「我……我……」愷雲用雙手蒙住臉，半天才從喉嚨裡掙出一聲嗚咽：「我也不想這樣，要是不拼命保護這個家……我，我底做錯了什麼？」

士弘默默擁住她，輕撫她的頭髮。這不是說理的時候，她的改變會讓敏感的孩子沒有安全感……會是更年期前兆嗎？記得老媽也有過這樣的階段，暴躁易怒，坐立不安，心悸盜汗什麼的。等下叫秘書找些更年期的資料印下來，晚上他再好好來跟敏敏解釋……咦？

不對，晚上不是要和俞心碰面？

「你沒有錯，別想太多，晚上我再好好跟她講。你要是覺得去花蓮走走心情會好一點，那就去吧！」

他突然想到，她不在，事情也許會好辦點。不給俞心一點甜頭，這個心機重的女孩才不會乖乖走進圈套裡。

愷雲很快的收拾好情緒，到廚房去替他煮咖啡。

他一面吃粥一面琢磨，晚上該約什麼地方好，嘴裡漫不經心的問：

「對了，你說那個身心靈什麼的，到底是瑜伽還是什麼奇怪的教派，不會是詐騙吧？」

「嘎？什麼？」愷雲呆了半晌，「……喔！你說花蓮那個？放心，慧慈和幾個朋友前陣子去過，大概就是什麼靜坐課程吧，吃得很簡單，還有輕斷食的課程。慧慈說簡直就像從裡到外的大掃除，身體和心理狀態都像回到二十歲，先前煩心的事也很容易就解決了……」

「慧慈想到什麼就說什麼，還會有煩惱？我看她是去減肥吧！」

慧慈是他大學同學阿昌的老婆，兩家孩子年紀相近，偶而會相約出去爬山露營，慧慈也是愷雲的臉書好友之一。他還真佩服阿昌，居然能忍受得了這種嗒呼沒完的胖老婆。

要出門前，愷雲特別叮囑他：

「孩子們該做該注意的事，我都寫好貼在牆上的佈告板了。到了那邊，我可能會關掉手機，有什麼事就傳簡訊，我每天會查一下。」

「怎麼，不是在花蓮市區？會收不到訊號嗎？」

「喔，那邊的負責人特別交待，要隔絕外來的訊息才能得到平靜，所以要求學員都必須關掉手機。」

「哈！要這麼清心寡慾喔？那你回來時不會變尼姑吧？」

他在她腰上戲謔的捏了一把，她沒有笑也沒有閃躲，看著他的眼神奇特而遙遠。

坐上司機等著的車，他還在納悶她剛才的表情，但車一轉彎，加入快速道路的忙流，充滿挑戰的一天又展開了。他伸伸腿，拿起手機，按下藍的快速鍵。

◆

事情進行得比想像中的順利——不，根本順利過頭了。藍幫他找來的這個小崔，可不是那種油嘴滑舌的無腦猛男。高大挺拔，一身瀟灑的休閒西裝，加上半長微鬈的藝術家髮型，和基努里維同款的憂鬱俊美，一踏進君悅大廳，就立刻吸引許多男女驚艷的目光，包括俞心。

他朝他們的方向走來時，士弘注意到她眼底燃起的熾熱火花，和迅速從他大腿上抽回的手。

應該沒問題。他酸溜溜的想，一面裝熟的站起來招呼這位「表弟」。

沒想到這位「好久不見的表弟」，在美國大學主修運動行銷，還當過好萊塢幾個大明星的武術教練，脫下亞麻外套，薄薄的線衫裡引人遐思的健美線條若隱若現。

笑聲叫聲不斷的英式酒吧裡愈夜愈熱鬧，放眼望去都是不到三十五歲的型男辣女。俞心和小崔四顆眼珠子像被一條隱形線串著，身體距離也愈來愈近。

士弘孤零零的坐在角落裡喝酒滑手機，現場演奏的爵士鼓怦怦的震得他耳朵痛。不再冰涼新鮮的啤酒，滑下舌根，只剩苦澀。

他好不容易找到空檔插話，提醒俞心，如果還想上一〇一觀景台的話，時候不早了。

「不急，明天再去也行！」俞心撅起嘴，輕按著小崔的肱二頭肌：「噯，你上去過沒？聽說晚上可好看了。」

小崔沒等士弘眨眼提示，酷酷的甩開額前一綹長髮：「還沒有，我一直很想上去看看。選日不如撞日，不如，我們現在一起去？」

「太棒了！那……」俞心歡呼一聲，用小女兒向父親撒嬌的眼神望向士弘：「你呢？看你好像有點累了。」

「不，不累。」看到俞心臉上掠過掃興，他立即改口：「不過小崔能替我陪你去，那太好了！老實說，我常陪國外的朋友上去，真是看膩了。我今天答應小孩要早點回家，待會兒請小崔送你回酒店，行嗎？」

「行！」俞心開心的拎起皮包：「等我一下，我先去趟洗手間。」

她起身離開，士弘戀戀望著那款擺的柳腰，忽然瞥見她米黃萊卡短裙緊裹的屁股下方，有塊硬幣大小的棕色溼印子。我操！這條發情的……

他嘆口氣，從公事包裡拿出裝滿現鈔的信封袋和一張飯店卡片鎖，交給小崔。

「謝啦！這是前金，數目你點一下，我替你訂好房間了。相機，你帶了吧？」

小崔惦惦信封的份量，滿意的收進外套口袋裡，順便指指別在袋口的鋼筆：「這就是相機，猜不到吧！」

士弘還不放心：「記得把她的手機筆電什麼的都弄過來，你什麼時候可以搞定？」

小崔用自己的啤酒瓶碰一下他的，綻放出迷人的微笑：

「安啦！表哥，藍大叔都交待清楚了，明天下午我再打電話給你，尾款得準備好喔！對付這種花痴，容易得很，我保證她明天就會買機票逃回老家去了。至於細節嘛……」

士弘有點被得罪了，「算了，我不想知道！」

他的胸口緊黏著一條髒抹布，丟不掉，也洗不乾淨。在上海欲仙欲死的美好回憶，他被妙齡美女阿諛的男性自尊，就這麼被小崔這痞子，和他幾句輕浮話給毀了。

看著朝他們盈盈走來的俞心，他覺得自己根本是個齷齪的皮條客。

兩個年輕人和他在路口分別時，他想拉一下俞心的手做為最後的紀念，她卻巧妙的閃開，順勢挽住小崔的手臂：

「葉總，謝謝您今晚的招待。改天再連絡嘍！」

她滑軟如絲緞的笑聲，姣好的臉蛋和撩人的腰肢，讓他心頭那塊抹布更溼重更污穢了。

綠燈亮了，他們很快的被人潮吞沒。士弘悶悶的往反方向踱去，不想招手攔計程車，獨自坐在車裡，腦海中只會不停上演那兩人用各種無恥姿態交纏的影象吧？

他任自己被人群推湧著走向市政府捷運站，下了手扶梯，走向漫長複雜的廊道。有多少年沒搭過捷運和公車了？

他站在自動購票機前發楞，搞不清楚離自己家最近的是哪一站，也不知道該按哪顆鈕，幾個年輕人在後頭不耐煩的嘖嘖作聲，他乾脆讓開。

唉！還是去搭計程車吧。但是該從哪個方向出去？轉運口和地下街的指示標誌把他搞得更迷糊，他走上最近的手扶梯，只要出了地面，就能分清楚東西南北了。但是手扶梯卻把他帶進百貨公司的迷宮裡。

正在招牌撩亂的地下美食街裡然茫然遊走，忽然有人拍他的肩膀：

「咦，葉士弘?!」

轉頭一看，是阿昌！一臉的晦暗油光，西裝領帶和沉重的公事包都累垮了，士弘猜自己看起來也好不到哪裡去。

「咦，真巧！好久不見了，你怎麼會在這裡？」

阿昌無奈的亮亮手中的蛋糕紙盒：

「還不是慧慈！說什麼小孩生日，非要我繞路替她來買這家什麼超人氣名店的草莓派。這些家庭主婦！對上班族的辛苦一點都沒有概念……你呢？居然會在這種地方碰到大老闆，真稀奇！陪老婆小孩來？」

「不是。早上還和我太太提到慧慈呢，說她前陣子去花蓮參加那個什麼道場修行……」

阿昌哈哈一笑：「哪是什麼修行？根本就是一票閒妻涼母找藉口出去玩！那個叫什麼身心靈能量中心的，根本就是靠玄學招牌騙錢的，跟一般的美容Spa沒什麼兩樣，只有這些有錢太閒的貴婦才會上當，聽說那個負責人兩個月前就收掉跑人了，慧慈還差點傻傻的繳十萬塊當會員……」

「咦？不會吧，那家能量中心已經關門了？」

「是啊，根本就是詐騙，警察還沒找上門就先賺飽了。怎麼了，問這幹嘛？」

「沒事，隨便問問。」

士弘腦子裡一片混亂。隨口問候阿昌的工作和家庭，說好下次再約出遊，就強笑著草草道別了。

愷雲究竟上哪裡去了？為什麼要對他和孩子撒謊？

他撥了愷雲的手機：您撥的號碼，未開機……他發訊息給她，但是完全沒把握能不能得到她的回應。

終究，她還是他未曾解開的謎。

# 巨石擋道

## 今年，三月二十四日，台東

……無苦集滅道。無智。亦無得。以無所得得故。菩提薩埵。依般若波羅蜜多故。心無罣礙。無罣礙故。遠離顛倒夢想。究竟涅盤。……

視線有些模糊了，她仍努力細讀那片金膜上小小的文字。不用懂意思，誠心唸就對了，媽媽說。

這是媽媽替她去廟裡求來的心經平安符，說師父交待她一天要至少唸上十遍，可以消災解厄。她不是個聽話的好女兒，從前總覺得媽媽是無知又迷信的鄉下婦人。手上這片小小的金箔，就如同媽媽從沒對她說出口的愛，這是目前她唯一的依靠了。

出門前，她想挑幾本書，好應付漫長的火車旅行。「沒有色彩的多崎作和他的巡禮之年」？不了，村上春樹小說裡的死亡輕得就像泡沫破裂，殘存的苦澀卻太沉重。跳過《罪與罰》和《地獄》，她在部落格上向網友大力推薦過的《家事的撫慰》和《廚房裡的人類學家》就算了，它們只適合待在家裡。《失控的正向思考》，這本還沒看過，是朋友送的吧。過去她喜歡教人正向思考，現在才發現自己太天真，這還不夠失控嗎？看看別人的故事吧。視線滑過《天才雷普利》，心上彷彿被猛刺了一下，急忙逃向米蘭昆德拉或張愛玲……唉！算了，太聰明的作家只會逼人剝洋蔥，看見最卑怯的自己。

最後她什麼書也沒拿，

昨天她無意間在臉書看到大學社團朋友Emilia的動態消息：

「在台東海邊巧遇失散多年的老友。」

差點錯過。Emilia在照片裡開心擁抱的瘦女人，微笑著，一身鮮紅外套，襯得蒼黃的臉更顯憔悴，背後是湛藍的太平洋，強勁的海風吹得她們短髮飛揚。那是吳荻嗎？眉眼有點像，但整整瘦了兩圈！

她急忙撥了Emilia的手機，是吳荻沒錯。上週她和妹妹全家到台東去玩，順路開車過去美麗的多良車站參觀拍照，好動的姪子不小心跌傷了膝蓋，止了血卻找不到ＯＫ繃。有人告訴她們可以下山到大溪國小附近的商店買，所以她到了大溪部落街上，就在那裡遇見正坐在藤椅上和老闆閒聊的吳荻。

「她說以前她做社區研究，在這個村子裡住過幾個月，跟村裡的人都是老交情了，所以她今年提早退休，打算長住在那裡，想好好放空……」Emilia忽然壓低了聲音：「不過，她看起來氣色不大好呢，還要我開車帶她去海邊喝咖啡敘舊，一小段路她也走得很慢，像生了大病。她說在東部住久了，步調就會放慢，不用再趕著教書開會做研究，現在她心情好多了。你記得吧，她以前不總是光芒四射，電力永遠用不完的樣子嗎？現在……噯呀，看了真的會好心痛，和以前差太多了。感覺得她是硬撐，其實挺虛弱，風中殘燭似的，就像隨時都會……唉！我很想勸她到醫院去好好檢查，可是又說不出口。我說要再連絡，她說不用了，連電話或E-mail都不給。欸！你最近有沒有聽誰說過她的狀況？」

愷雲頓了一下，說好多年都沒看到吳荻了，只是看到照片大吃一驚，沒想到自己居然認得出來（這是實話，吳荻瘦下來的五官，少女時代的俊俏依稀殘存，雖然也憔悴了不少）。

她假裝不經意的向Emilia打聽遇見吳荻的地方，剛好再過一陣子她要去東部拜訪朋友，或許可以順道去看她。

一掛上電話，她立刻上網搜尋台東大溪部落的交通方式。非常偏僻的小部落，對外地遊客沒什麼吸引力，要不是Emilia的意外發現，吳荻恐怕真會這麼人間蒸發了吧？

一定要立刻跟她見面！雖然不知道見了她能做什麼，愷雲卻恢復了過往的幹勁和行動力：先打電話確定婆婆能來幫忙，再上網訂好單程火車票，查了客運時間表。從台東車站租輛小車開過去當然省事，但是她不想留下任何租車紀錄，更何況上回的車禍讓她心頭還有陰影，就怕自己又會忍不住猛踩油門……要是那時她沒想到孩子，也許會直接朝沒護欄的山路衝下去吧？

正在家庭告示板上寫著給孩子們的提醒時，電話響了，又是那個獵狗般的楊警官！

「很抱歉，又來打擾了。想請教一下，府上是不是有一部銀灰色的ＢＭＷ休旅車？」

「有的。不過今年春節時，我在雙溪出了車禍，車子已經報廢了。」

「喔？是嗎？」

楊警官詳細問過發生車禍的日期地點，還想知道車子是交給哪家拖吊公司和廢棄場處理。愷雲心裡暗叫不妙：警方手裡還有什麼對她不利的牌？她得盡可能拖延時間，想好下一步該怎麼走。

「我不清楚，因為當時我受了傷，所以後來車子的事，都不是我處理的。為什麼要問？」

「是這樣的，上次和您提過嘉義的那件命案，有目擊者在現場附近，看到一部和您府上類似的車子。」

在威脅她嗎？愷雲不記得自己怎麼結束電話的。警察隨時都可能上門逮捕她了，她得盡快逃，逃得越遠越好，逃到吳荻藏身的那個偏僻小村去，誰也找不到她！

◆

一陣急迫感把她拉出許久不曾有的酣眠，八成是早上喝了太多高山茶和咖啡，她不情願的睜開眼睛，拿起隨身皮包走向車廂尾的洗手間。

一個臉上滿是厭煩和疲倦的年輕媽媽，抱著哭鬧不休的嬰兒，來回走在門旁的過道上，車廂搖晃得很厲害。她身上一件米其林寶寶似的平價茄紫羽絨外套，細長的緊身牛仔褲和咖啡流蘇靴，金髮很久沒染了，高高紮起的馬尾變成上黑下金，就像敏敏戲稱的「布丁頭」。

是個愛時髦的女孩呢，卻像個醉漢不時撞上板壁，嬰兒被她夾在胸前，漲紅了臉，半個身子都快滑下去，哭號得更凶了，髒髒的天藍棉褲下踢蹬著兩隻小光腳丫。很危險，別抱著孩子站在這裡，回座位去吧。還是，我幫你抱一下孩子？愷雲正想這麼說，那女子感覺到她的注視，轉過她原住民秀麗而慓悍的臉孔，回瞪了她一眼。

「那個，呃，你要，用洗手間嗎？」

女子緊抿著嘴，搖搖頭。愷雲側身穿過這對母子進了洗手間。

嬰兒的啼哭聲漸漸消失，媽媽帶著他回車廂去了吧？

她鬆了口氣，那個女子看起來只有二十歲上下，嬰兒看來不到六個月大，簡直是小孩帶小孩，也難怪她一身的疲憊和火氣，和她同年紀的女孩都還在享受青春呢……

愷雲一面踩著踏板用微弱的水流洗手，一面檢查鏡子裡的自己，忽然從鏡子映出的半開車窗，看見一個黑影啊一聲飛出車外。

她悚然一驚，趕緊衝出去。過道上不見那對母子的蹤影，車門也關得好好的，是她神經過敏？

她懷著狐疑的不安，走過兩三節車廂，仔細打量每個座位上的面孔，再走回自己的車廂，都沒看到那個媽媽和她的嬰兒。

是眼花了嗎？她坐回靠窗的位置，暗罵自己想太多了。

突然她的眼皮跳了一下，那個女的！從月台移動的人群中，她認出那件紫色羽絨短外套、布丁色的馬尾和輪廓深刻的那張臉！背著一個大大的深藍帆布袋，停住腳步左右張望一下，隨即輕快的獨自走向收票口，手上沒有嬰兒！

孩子呢？那個孩子呢！這窗戶開不了，她要趕快衝下車去，大聲叫站務人員抓住那女孩！她霍然站起來：抓住她！凶手！

凶手？不是她自己嗎？一個小小的聲音指控著。愷雲頹然跌坐回去，側身望著往後退去的月台，還有玻璃窗上自己時現時隱的倒影，在翠綠的稻田和漆黑的隧道壁上瑟瑟抖動著。

**心無罣礙**，**遠離顛倒夢想**。她專注唸經，慢慢放鬆，眼皮漸漸沉重，最後一縷金光也黯淡了，耳邊還有稚兒細嫩的哭聲……不，那不再是她的事……她墜入柔軟如白雲的夢境裡，**不生不滅**，**不垢不淨**，**不增不減**。

醒來時，有個年輕男人占了她旁邊的空位。

窗外陽光正美，翠綠的稻田，連綿的藍黑大山。但是旁邊有人，讓她有點不自在。男人身上的古龍水味，盯著她後腦的灼熱眼光，黏膩得甩不開。

他沒被她凶狠的瞪視嚇退，還露出無恥的笑容挑戰她，金絲眼鏡下一對溜溜的蝌蚪小眼，閃爍著同謀的詭秘。對峙幾秒，愷雲先忍不住：

「請問有事嗎？」

「不，沒事。」男人的眼睛從她的胸脯，滑向她領口的鍊墜：「請問……這是卡地亞的吧？真漂亮！我也想買一條送我太太。五萬塊買得到嗎？」

模樣浮滑，眼光倒不錯。愛擺闊的股市炒手，還是趕時髦的卡奴？她想像著被他嬌寵的小妻子，心情放鬆不少。

「這條很舊了，新款應該不只這個價格。你太太真幸福。」

「是啊，可惜我一直不懂得好好珍惜……」

聽聽陌生人的故事打發旅途的無聊也好，離終點站台東還有將近一小時。

「不是我吹牛，年輕的時候，我也算情場老手，身邊女朋友來來去去，有的連名字長相都想不起來了。結果呢，第一次見到我老婆，就被電到了，那是我從來沒有過的感覺。」他眼睛微微一閉，彷彿在品嚐往昔：「我們去網聚，誰也不認識誰，咖啡館裡又吵又擠，所有的女孩子都打扮過，裝模做樣的，只有她素著臉，安靜的坐在角落喝茶。她穿一件綠衣服，只有領口繡花，突顯出這塊，這叫什麼……？喔，對，鎖骨！白到半透明，好像用力一碰就會斷掉，很光滑很脆弱。整個晚上，只有那一小塊吸引我。她長得不漂亮，氣質還可以，但是從鎖骨那裡散發的魅力，其他女孩再正再嗲都比不上。」

人不可貌相啊。雖然這套文藝腔和他的外表不搭，聽來倒有幾分真情。

「很特別，怪不得你會想替她買項鍊。」

「還沒說完哪。那天要散會時，我才注意到她的腳，包著厚紗布，走起路來一拐一拐。她說沒什麼，工作時受的傷，快好了。會撒嬌的女孩讓男人融化，不過堅強的女孩卻會讓男人崇拜……唔，這樣說有點冒昧：您應該也是這種類型的好女人吧？」

這男人話太多了吧？幸好他沒吹噓自己的床上工夫。能真摯的在陌生女人面前讚美妻子，想必不會有不良企圖。

「她很幸運，看得出來你很愛她。」

「愛？喝完酒喝回家就打她，能算是愛嗎？」

男人語氣一轉，笑意還在，眼神卻冷得令她心驚。他想說什麼？

「好好道歉，她會原諒你的。」

「我問你，要是有隻瘋狗緊咬住你不放，你會怎麼做？給牠一塊肉，還是一頓毒打？」

這男人在玩遊戲。她沉默著，他卻像蛇一樣纏上來。

「當然還有第三種方法。那麼脆弱的鎖骨，你只要用力一握，咔嚓！一切就結束了，超簡單的噢。」

他掏出手機伸向她。

「你看，這條項鍊她戴起來，是不是很美？」

放大的螢幕上，乍看是一條紅綠抽象花紋的絲巾，男人手指再滑兩下，拉開距離，卻是灰白頸間一道腐爛的青紫淤痕。愷雲掩住嘴，急忙移開視線。

「你想幹嘛？」

男人悠哉伸長的腳，像一道關住她的柵門：

「只是想向你道謝，幫我做了我一直想做的事。」

「你認錯人了。」

「我老婆可是你頭號粉絲唷，她的手機上都是你的照片，連我都要吃醋了呢！」男人壓低聲音：「聽著，我手上有段關鍵錄音，還有我老婆寫的一張字條，只要你幫個忙，我就不會交給警察。」

她終於想起他的大眾臉和名字：袁春旭。

「我不懂你在說什麼！」

「你知道我在說什麼。我要的不多，兩百萬就好，為了你有錢的老公和兩個可愛的孩子著想，這只是小case……」

列車長出現在車廂前方，宣布即將開始查票。

趁機大喊非禮，說這男人騷擾她？就算暫時脫了身，又能逃多久？他手上有什麼對她不利的證據？還是勒索的幌子？

她在帆布背包裡翻找車票，假裝沒看見他玩弄甲蟲般的眼神。不能讓他看見發抖的手。指尖觸到一陣冰涼，她心生一計，決定迎戰。她把票穩穩的遞給列車長，再微笑著收回來。

「請問餐車有賣咖啡嗎？」

「不好意思，這班車在花蓮以後就沒有餐車了。」

列車長走了之後，愷雲轉向春旭：

「抱歉，本來想請你喝杯咖啡，我們需要好好聊聊，把這件事弄清楚。你太太是我的忠實讀者，那是我的榮幸，可惜我不認識她。不知道你說的字條和錄音，是怎麼回事？」

「少裝了！她一直在偷拍你，跟周刊社爆料，到你家縱火的都是她，你會不知道？她腦袋有洞，不過有時候還挺細心的。她從嘉義寄了封信給我……」

「你剛才說是字條。」

「喔……有差嗎？就亂七八糟寫在一張傳單背面，」她沒錯過他臉上的一絲慌亂，「她寫說，等她解決掉那個臭女人kaya，她才和我離婚。」

「喔，我看過新聞，原來嘉義那件案子是你太太？天哪！真遺憾。如果你覺得這封信這麼重要，為什麼不交給警察？」

「我以為她在練肖話，我也不知道她寫的臭女人是誰，看完信就隨手扔進廢紙箱，根本忘了。前天警察跟我說她之前幹的好事，我才想起來，原來她說的女人就是你。」

「她是怎麼寫的？我能看看嗎？」

「這麼重要的證據，我怎麼可能帶在身上？」

「也就是說，根本沒什麼字條。」

「我有拍照，你要看嗎？」

果然是一張粉紅色的廣告單，凌亂的大字死命鞭打著kaya。沒有信封，沒有郵戳，誰能證明這是她的遺書？

「別擔心，還有這個。」

春旭得意的拿出另一隻桃紅手機。鏡頭不太穩定，在光線暗淡的夜街轉了半圈，最後定在停車場一輛銀灰休旅車上。鏡頭拉向車尾，那是「大灰狼」的車牌！另一段影片，兩個中年女人有說有笑的從旅館門口出來，走向「大灰狼」。

「警察沒發現這隻手機，這可是重要證物。」

「原來有人跟蹤我，就成了我犯罪的證據？唉，這只能說明你太太有多瘋狂。」

「至少可以讓警方更有理由懷疑你。」

「原來如此。聽說你是頭號嫌犯，所以你希望找人替你頂罪？恐怕你找錯人了，這些東西不值兩百萬，你還可能吃上恐嚇罪的官司。」

愷雲輕鬆的把手機還給他。控制臉部肌肉，別露出一點慌亂或心虛！這草包顯然還沒想好下一步棋，單憑這點「證據」就能嚇得她求饒？現在輪到他傻眼了。

「你臉色不太好，沒事吧？」

他還不死心：「跟你在一起的女人是誰？」

「是我的老同學，警察找過她問話了。我能體諒你想早日找出凶手的心情，但這些事就交給警察吧！你還年輕，未來的路很長，請節哀，要好好保重自己啊！」

春旭滾動一對小眼，拼命在她沉著的臉上找破綻：

「騙誰？她明明一直跟蹤你，你會不知道！」

「哎，我真的很遲鈍，要不是警察熱心，我還不知道縱火的人是誰。按理說，我有權利向你們追討這筆損失，現在發生這種不幸，再追究也沒有意義了。」

紙糊的虛張聲勢，愷雲總能戳破，這回她會溫柔一點。她一隻手輕放在他的胳膊上，把脈似的感覺出他的畏縮。

「你也是無辜的，對吧？你是真心愛過她的。」

「哼……」

春旭滿心的期待瞬間落空，癱軟的往後一靠，只剩下泛青的眼袋、鬆垮的肩頭和殘存的倔強。從前她手下的年輕業務們加班幾天，終於拿下客戶或趕完報表時，也都是這付巴不得大睡一場的死相。那時要是她好好獎賞過他們，消除積怨，後來也就不至於被出賣了。

「快到台東了。你想去哪裡散散心嗎？或者我請你吃頓飯，放鬆一下心情？你需要找人聊聊，不該獨自承受這一切……」

「你跑到台東做什麼？完美的家庭主婦不是該好好看著家？」

這番咄咄的諷刺沒讓她上鉤。

「謝謝你的關心，我和先生小孩請假了。家庭主婦偶而也要休假，單獨來個小旅行……」她沉吟著，在心底計算他身上的都市行頭：「我要到卑南打禪七，吃素和靜默打坐，對身心淨化都很有幫助。你要不要一起去？」

如她所料，被拒絕了：「台東好無聊。我要直接搭下一班車回台北。」

「也好，在車上好好睡一覺。你最近常失眠吧？」

「看得出來喔？最近我很難睡，警察保險公司和記者什麼的，白天煩，晚上也煩。一個人就想東想西的，喝再多酒也睡不著。」

「酒喝多了傷身。要不要請醫生開個安眠藥？」

「安眠藥我試過了，沒用。」

下了車，他們跟著人群往出站方向移動。走出剪票口，該不該告別，用什麼方式告別，突然變得很尷尬。

「那，好吧。我去買票了。」

「下班車還早。不如我陪你等，順便喝杯咖啡？」

「再喝咖啡，我就不用睡了。」

有什麼事還沒了結。他彎身向窗口買票的時候，她看見了讓她走不開的東西：那隻桃紅手機，就在他掀開的灰黑格LV斜背包，從外側夾層裡朝她招手。想拿到它，還有點難度。但機會往往在意想不到的時候上門。買好票，春旭有點錯愕：

「你還沒走？」

「不急，我想確定還有沒有我能幫得上忙的地方。」

「幫忙？哈！我現在缺的是錢，你絕對能幫得上，我還欠銀行一大筆……」

鈴聲打斷他的訴苦，他接起手機，把背包往後甩到屁股上，往車站外走去。皮包蓋往上掀的角度正好，她跟上去替他拉下。他在電話裡熱烈爭論，完全沒注意她善意的小動作。

她靜靜站在陽光下，等他結束通話。

「錢的事我幫不上。不過我還是希望你好好保重，別累壞身體。」

「算了，你走吧！」

愷雲鄭重告別，走了兩步又小跑回來，塞給他一個褐色小瓶。

「喔對了，這給你。是我平常吃的維他命B群，一天兩顆，可以加速代謝，提升免疫力，讓睡眠品質更好，就剩最後兩顆了。不過提神效果很好，別在睡前吃喔，不然精神會變得更好。」

不等他道謝，她輕快的往外走去。他會起疑嗎？她的演技能不能過關？希望她賭對了。

她用發抖的手拆解那隻桃紅手機，從疾馳的巴士車窗分批偷偷扔出去。暖熱的陽光，久久都融不化她緊緊凍結的心。

◆

客運在大溪國小前放她下車。空蕩蕩的街，越過破舊的兩層樓鐵皮屋頂和電線看去，就只有綠色起伏的山巒和無雲的寂藍天空。空氣中有乾熱的塵土味，像電影裡荒涼的西部小鎮。愛熱鬧的吳荻會在這裡？

人聲隱約在陰暗處唧唧，兩三部機車灰撲撲的輾過午後長長的屋影。有個阿婆在廊下瞇眼打量著她，表情和趴在她腳邊的黃狗一樣淡漠。

看到街上唯一的平價商店招牌，這就是Emilia遇見吳荻的地方吧？走進店裡，層層堆疊的紙箱啤酒箱和冰箱貨架之間的狹窄通道，擺著一張小折桌和塑膠矮凳。桌上一碗半滿的肉燥飯和黑糊糊的菜餚，除了飛舞的蒼蠅，不見半個人影。

她喊了幾聲，才有個紫黑臉的壯碩漢子從紙箱堆後冒出頭來，懶散的說：

「要什麼，自己拿。」

她拿了一瓶礦泉水。

「二十塊。」

男人收了她的錢，在小凳坐下，拿起碗筷。

「請問一下，是不是有位吳荻小姐，住在你們這附近？」

男人繼續大口嚼菜：「不知道！」

「我是她的朋友，專程從台北來看她的。」

「莫宰羊啦！我們這種地方沒有什麼台北小姐會來啦！」

男人不再理她，打開掛在牆角的電視，請出嘰哩呱啦的綜藝節目主持人替他下逐客令。

沒有她想像的簡單，也罷，吳荻這麼一個外地女人，在這小村子肯定顯眼。

她挨家挨戶去打聽，正要走向廊下打盹的阿婆時，腳下的黃狗警覺的站起來，朝著她汪汪吠叫。安靜的空氣一打破，原先不知躲在哪裡納涼的狗兒們全跑出來湊熱鬧，成群朝她凶惡的叫囂。

她強作鎮定，更慢的往前走。那黃狗見她走近，往後縮了兩步，又不甘示弱的繼續咆哮。

「阿婆，請問一下……」

狂躁的黃狗突然快樂的搖起尾巴，轉頭一看，只見一個黑瘦的男孩背著書包站在她身後，黃狗奔過去繞著他跳上跳下。

「弟弟，請問一下喔，你有沒有見過一個從台北來的，生病的阿姨？」

男孩清澈的大眼睛溜過她，害羞的著逃進屋裡。

也許吳荻根本住在別處，不想讓Emilia知道而隨口扯謊，那是她很擅長的。從那個雜貨店老闆不耐煩的態度來看，他顯然知情。

雜貨店對面是家早餐店，一個年輕女子正在整理餐檯，或許該去問她？

她才走開兩步，有隻手拉拉她的外套下擺，是剛才的孩子。

「到學校等我，我帶你過去。」

男孩神祕的小聲說，又很快的跑向屋後。

學校？是國小吧？她忍住想打開手機查Google地圖的衝動，遲疑的往他剛才指的方向走去。這麼小的部落，迷不了路。果然不到二十公尺，就看見小學的整齊的校舍和操場。

還有不少孩子留在學校打赤腳跑跳嬉鬧，沒有眼鏡、制服、電動遊樂器和拉桿式書包，孩子們的臉上也沒有世故的厭煩和伶俐。有的孩子臉上沾著土，衣服也太小太髒，露出又麻又疤的手腕和腳踝。

一個嬌小女孩跑過來仰臉看她，烏亮的眼睛像寶石：

「你是客人嗎？」

「是啊！妹妹你幾歲了？一年級？」

「我三年級了啦！」

女孩哼了一聲，扭頭加入正在用樹枝落葉扮家家酒的伙伴們。

真可愛，這些偏鄉的孩子。除了替他們募集二手衣物和繪本舊電腦，也該加入愛心營養午餐計畫。等她平安渡過這關，她一定要號召更多人投入這件事……

遠遠的見到男孩紅茶色的身影，肩上一隻沉重的舊加志袋，從街道那邊快步走來，經過她身邊也不放慢速度，只輕聲丟一句：「走。」

怕被別人看見？愷雲只得保持距離跟在他身後。

男孩的運動鞋幾乎都磨破了，步履卻輕快矯健。離開部落漸漸往上坡走，裝著乾糧飲水外套的後背包墜得她肩膀好痛，愷雲開始有點接不上氣了。

「嘿！小朋友，可以走慢點嗎？」

男孩機靈的看看周圍，這條路上暫時沒有人車經過，他停下來等她趕上。

愷雲大口喘著氣：「她……我說，那個阿姨……住這麼遠？」

「沒有很遠啦。再一下下就到了。」

「你帶了什麼東西？要送去給她的？」

男孩默默拉開袋子，她往裡頭看一眼：衛生紙、餅乾、乾電池、罐頭、香煙啤酒，還有一瓶山多利威士忌角瓶。

「她病得很重，還能吃這些東西？」

男孩扮個可愛的鬼臉：「舅舅要我送去的。」

她和他併肩繼續走。男孩叫阿陸，父親不在了，雜貨店的老闆是他媽媽的表哥，也是DiDi阿姨的老朋友。DiDi阿姨開著一台小貨車，帶了很多錢，說想在這裡住下來，還雇用阿陸的媽媽當看護，在山上的小房子裡照顧她。

DiDi不肯住在街區，她想看到漂亮的太平洋，所以舅舅花了點工夫替她整理山上的廢棄屋。山上沒電，只有一個水龍頭，媽媽每天騎摩托車載著洗好的衣物和青菜來「上班」。舅舅也會開車載補給品上來，有時帶DiDi去醫院或出門逛逛，沒空時就托阿陸跑一趟。

果然是吳荻的任性，給照顧者帶來這些麻煩。

「為什麼舅舅不想讓我知道她住在這裡？」

「DiDi說，朋友太多，很累。」

Emilia是個大嘴巴，吳荻的事，她想必告訴過不少人。但是感歎一番之外，會有多少人扔下自己的工作和責任，大老遠跑來這海角窮鄉，探望一個不再有吸引力的病人？吳荻的交遊圈有多大，她想像不出。也許她有不少真性情的至交好友？

「有很多人來找她嗎？」

阿陸先是點頭，又拼命搖頭。愷雲再問，他只是笑。

離開產業道路，折進一條盡是碎石的小上坡路。路的盡頭，矗立著一棟粗糙斑駁的水泥小屋，不過五六坪大，上頭用木條支起嶄新的鐵皮屋頂，像鄉間常見的農具小屋。屋外，從雜草灌木間闢出一小片空地，豎著兩支曬衣竿，一長排的毛巾衣褲被單，做著日光浴。屋簷下，一個健壯的婦人正在簡陋的土灶上炒菜。

婦人看見阿陸身後的愷雲，臉色立刻一沉，對阿陸烏鳴似的吱啾不停。在數落他不該帶陌生人上來吧？

「真對不起，是我拜託阿陸帶我來的，我是吳荻的朋友。」

婦人虎著臉，從發黑的鐵鍋抄起木勺，先往阿陸屁股上打下去，又驅趕野狗般朝她揮舞：

「回去啦！她說不要有客人來，走開！走啊！」

「拜託，別這樣！我大老遠來，有重要的事，一定要當面跟她說，讓我見她！」愷雲急了，扯開喉嚨朝屋裡喊：「吳荻！是我啊！黃愷雲！我一定得跟你見個面，求求你！」

然而屋裡沒有任何動靜，守門人的身體像堵厚實的牆，她怎麼推也闖不過。

「好吧，我會再來，等到你肯見我為止。」

她悻悻然沿著小路往下走，回頭一看，只見阿陸被母親推進屋裡。她走向小山坡的另一側，藏在一棵彎曲的相思樹後，觀察通往小屋的其他可能。坡上雜草叢生，不確定裡頭有沒有毒蛇窩或田鼠洞，但是好不容易到了這裡，她決不能輕易認輸。

這片山頭包圍著孤零零的小屋，散落幾株瘦弱的柑橘和龍眼樹，除了屋前這條被人車開出來的小路，其他地方都被半個人高的野草雜樹占領了。屋旁較低的草叢間，墳起幾個土饅頭，幾塊傾倒的方石碑，她沒有勇氣從那裡穿過去。

她只能等。阿陸說過，晚上媽媽會「下班」回家。

老鷹低低盤旋著，天色慢慢轉暗，風吹涼了原本燥熱的空氣。草叢裡有蚱蜢跳躍，麗紋石龍子謹慎迅速的爬上樹。躲開嗡嗡擾人的蜂，揮走頭上成群飛舞的蚊蚋雲，鬼針草狗尾草的倒鉤刺黏滿了褲腳，刺得她皮膚發癢。

再往上走一點，找到一顆還算乾淨的大石頭，坐下來喝水歇腳，啃完路上買的包子。她才注意到山下壯闊灰藍的海洋，正閃爍著幾點漁火。

吳荻就打算這樣望著太平洋，無人聞問的度過餘生嗎？

小屋裡燃起亮光。阿陸和母親收拾曬在竿上的衣物，又裡外忙碌一陣，最後終於關上那扇吱呀作響的木門，騎上停在小屋外的摩托車，噗噗噗下山去了。

深藍的夜色悄悄籠罩山坡，門縫裡透出一絲光線，格外寂寞。她找出背包裡的手電筒，摸索著路徑，走向小屋。腳下不時絆到爬藤和石塊，踩碎枯枝的聲音，在夜鳥尚未甦醒的短暫寂靜中，格外響亮。

屋裡傳出微弱的歌吟，仔細一聽，是電台播放的音樂。

她再等一會兒，音樂忽然被不斷的劇烈咳嗽蓋過了。一陣杯盤碰撞聲，翻腸倒胃的嘔吐聲持續了一兩分鐘。愷雲害怕即將看見的景象。

山坡上傳來動物對唱的長嚎，和草叢裡不知名的窸窣，逼她做了最後的決定。

稍一使力，木門吱一聲被推開了。酸腐嗆人的惡臭令她幾乎想逃，她緊掩鼻和嘴，讓眼睛適應靠燭火照亮的微弱光線。

黑窄的洞穴裡，主角是一張單人床，和踡伏在床沿的背影。床邊的長板凳充當茶几，有一架迷你收音機和許多塑膠藥袋，折疊桌上放著喝了一半的角瓶威士忌、塞滿煙蒂的陶盤，幾乎沒動過的稀飯。一個拖著長尾巴的小黑影快速溜下桌腳，消失在牆角。

若不是磚牆上狗啃似的敲出一扇大窗，從充當窗簾的透明塑膠布，能看見海平面鑲滿即將月出的銀輝，這陰鬱悲慘的房子簡直是間囚房。

床上的人聽見門口的動靜，吃力的撐起身，轉過頭來。臉上一對灼灼的黑洞，床邊搖曳的燭光，彷彿地獄。愷雲心上一揪：那是吳荻？

蓬髮的病人用袖子抹去嘴角上的唾液，黃臉瘦出許多角，長滿水泡的腫唇紅艷如玫瑰，發出粗糙的鴉噪聲：

「你來了？」

她往後躺在堆疊得高高的枕頭上，擁著被單，抬起腫脹的手，漫指著床下：

「來得正好，幫我把這些清乾淨……別用那種眼光，我還沒死。」

愷雲不吭聲卸下背包，先把塑膠窗簾捲上綁住，讓新鮮的空氣流通。端起滿是暗褐漂浮物的臉盆往屋後走去，倒進溝裡，扭開生鏽水龍頭，洗過盆子，再絞了幾條抹布，拾起打碎的盤子和食物，擦拭髒汙的枕頭睡衣，和發黑不平的水泥地板。清潔工作是她擅長的，可以暫時使她什麼也不想。屋裡的氣味逐漸清新，除了隱約的尿騷味。

「你真會照顧人。」

不知是真心感謝還是諷刺。愷雲繼續收拾散亂的雜物和紙張書本，總算清出一張乾淨的尼龍躺椅，拉到床邊坐下，整天的疲勞緊張，全向她撲來。

吳荻窪陷的雙眼，始終黝黑的跟隨她。

「自己拿瓶啤酒，再幫我倒些威士忌，我們來乾杯。」

「你瘋了嗎？都病成這樣了還喝酒！」

吳荻嘿嘿一聲：「煙和酒是我的解藥，可以幫我早日離開這個完蛋的身體。你呢？你不也是來，向我討解藥的？」

「你沒看新聞吧？那女的……屍體……被發現了。」

「早晚的事。」

眼看吳荻神色朦朧，可不能就讓她這麼睡著！愷雲搖著她癱軟而浮腫的手臂：

「警察來問我那天晚上的事，還問起車子！我們該怎麼辦？」

吳荻半睜開眼：「我快死了，可還沒成佛，你來問我也沒用。」

「我們，一起說出實情吧！我查過了，老實自首，刑責會比較輕，再說這是自衛殺人，不是重罪，只是……」

吳荻用手肘支起身體，要笑不笑的瞅著她：

「這就是你帶來給我的禮物？」

愷雲頓了一下。

「其實，我本來準備了幫你早日解脫的藥，不過半路把它送給更需要的人了。」

「喲，真沒誠意。」

「我想過很多，我們做錯了，就不該逃避……」

「別再『我們』了！你跟我不同，我反正沒什麼損失。」

「我還不能放棄我的生活，我總得為我愛的人著想。」

「真感人。」

愷雲不氣餒：「聽我說，要是揚揚知道……」

「又來老媽那一套？省省吧。」

吳荻翻個白眼，臉忽然皺得像梅乾，愷雲連忙問她哪裡痛。吳荻緊抓著胸口，粗聲喘氣，手指著桌上的酒瓶，想掙扎下床。

愷雲只得替她拉高枕頭，把角瓶拿過來。還沒找到乾淨杯子，吳荻已經就著瓶口猛灌。酒精緩緩舒開她緊皺的眉頭。

「你還好嗎？要不要吃藥？」

吳荻搖頭：「轉移到肺了，沒用。」

「那還看醫生做什麼？」

她打個嗝，愉快的朝愷雲噴出發酸的酒臭氣。

「只想確認，到底還剩幾天好活。」

「你就沒有過良心不安的時候嗎？」

「關你屁事。」

「當然關我的事！你就這樣一走了之，我呢？我還有好長的後半輩子，要怎麼面對家人朋友？誰會相信我根本沒打算殺人，也不打算棄屍。」

「所以都是我的錯？」

「我很不想這麼說，」沒時間了，她心一橫：「當然是你的錯！我那時嚇壞了，真不該什麼都聽你的……」

吳荻厭煩的閉上眼睛，又倏然放亮。

「你要是怕麻煩，就撇乾淨。」

「什麼？」

「我留一半財產給那個死人的女兒，還有一封信，說整件事是我一個人做的。」吳荻眼裡閃爍著狡猾的光芒：「你呢，可以死不認帳，就說那天晚上我跟你借車，自己離開旅館去買消夜，之後發生什麼事，你完全不知道。」

聽錯了吧。「真的？你這麼做了？」

「嗯哼。」

「你真的願意扛下來？」

「別謝了，給我一支煙吧！」

愷雲差點跳起來繞著病床歡呼，即使替重病者點煙有違她的良心。做為補償，她訕訕的拍落一隻在被單上迷路的蟑螂。

吳荻滿足的深吸口煙：「其他小破綻，你得自己補。別人問起來，裝傻你總會吧？」

「我會小心，我們最好先順一下時間和說詞，你說的那封信，有副本嗎？」

「都在律師那，等我死了再公開。要是照你原來想的，去自首，然後呢？有血有料的好題目，他們會輕鬆放過你嗎？」

「我知道，但是這次不同，我們差點就沒命了……」

吳荻悲哀的微笑，似乎說什麼，卻只是默默的繼續吸煙。突來的沉默讓愷雲不大自在，她訕訕拿出水壺，滋潤乾燥的喉嚨。

「住在這裡，你家人知道嗎？」

「他們都以為我回美國去了，」吳荻仰頭欣賞自己製造的煙圈：「該見的人都見過，夠了。」

「為什麼不去醫院或正規的安養院？比這裡乾淨舒服多了。」

「去那種地方做什麼？向上帝乞求，多活一天嗎？」吳荻狂咳一陣，過了好久才平息，一字一句的說：「我不是沒想過，就算一%的機會，也要拼命到底。你怪我對那女人下手太重，說得對，那晚，我把她當成癌細胞了，她非死不可，就因為我還想活下去。」

「別說了。」

「但是，殺了這個，還有別的，敵人太多，我的身體，早就淪陷，壞的超過百分之七八十了。想想，我也活夠了，待在醫院，幹嘛？數著誰比我早死？綁著點滴瓶插胃管和氧氣，有什麼意思？那裡能抽煙喝酒？有這種景色好看嗎？」吳荻的下巴朝窗戶抬了抬：「看，多美！」

一輪碩大橘黃的滿月低懸在海上，海面反射著溫潤的月色。她們都為眼前的美景屏息了。收音機裡飄出德弗札克的E小調鋼琴三重奏，悠揚的小提琴聲，預告哀傷的轉折。

門突然被打開，潛進一條粗壯的黑影，愷雲倒抽口氣，吳荻低笑說：

「別怕，是我的愛人來了。」

只見那人提著一只袋子走近，原來是村裡雜貨店的老闆。濃眉下一對惱怒的眼睛，直瞪著愷雲。

「你們見過面了吧？這是卡亞斯（Kaias），這是我的老同學黃愷雲……噢！好巧啊，她的筆名也叫kaya！What a sign！」

同名的兩人都沒聽見她的笑話，倒像困在同一隻籠裡的野獸警戒的互嗅。

「她怎麼在這裡？」

吳荻把煙蒂捺在滿是煙洞的板凳上：「有朋友來也好啊。」

他賭氣的不再吭聲。拉張凳子坐在床邊，打開掛在床尾的一盞工作燈，從袋子裡拿出一個熱水瓶和乾淨毛巾，用臉盆打熱毛巾。

吳荻順從的褪下被單，撩高棉睡衣，向愷雲拋個媚眼。還是老吳荻啊，只要有男人在場，空氣都變得軟甜了：

「沒關係，都是女人。」

是該迴避，但吳荻裸露的腹部讓她無法不看：在右側高高隆起的山脈，繃緊黃得發亮的皮膚，隨著呼吸起伏，彷彿埋藏一個沉睡的胎兒。

「很驚人吧？一下子就長這麼大了。」

吳荻輕撫突起的腹部，平靜滿足的口吻像孕婦。

卡亞斯是個熟練的看護，幫她翻身，鋪好防水墊讓她躺上，再脫下她的睡褲，拆掉沉重的成人紙尿布，用熱毛巾溫柔擦拭她的下身，偶然與吳荻交換親密的私語和眼神。

愷雲急急走出屋外，哽在喉間的嗚咽，終於潰堤了。

以為這悲哀的淚水是出於同情與憐憫，等她漸漸能看清後山上滿天的星斗時，她才承認，淤積在她心中最底層的，是嫉妒。她缺乏吳荻面對生活或死亡的勇氣和意志力，甚至是被愛的能力。

就算即將謝幕下台，吳荻仍然以施捨者的姿態，將了她一軍。

不接受，她能對丈夫孩子坦白說出一切嗎？

接受了，吳荻的恩惠會和她的骨灰一起盡早埋葬嗎？

背後有腳步聲接近，是卡亞斯。他的嘴角不再僵硬，從風霜中約略能窺出曾經的英挺。

「她要你留在這裡陪她過夜，明天早上一起看日出，很漂亮。」

「那……如果她不舒服，或是肚子餓了，我是不是該給她吃什麼，還是幫她按摩哪裡……」

「不需要。」月亮已高懸在空中，澄澈的銀輝下，卡亞斯的側臉坦率如少年，他的腔調不再遙遠：「她不會太痛苦。就算半夜突然走了，也是她的選擇。」

「你能這麼細心照顧她真是太好了。就算是親人或家人，在物資不方便的情況下，能這樣做的也不多呢！」

卡亞斯轉頭看她，恢復了冷淡：「朋友嘛，互相幫忙。」

他彎身提起一袋鼓鼓的垃圾，往下山的小路走去。

「明天，我載你去太麻里車站。」

走了很遠才丟來這麼一句，算是友善的表示吧。

剛才那一眼，讓她有點受傷，他覺得她的客套話很庸俗？

聽著摩托車聲遠去，回到屋裡，吳荻已經半開著嘴睡熟了，唇邊還掛著一縷白沫。

把躺椅往後調低角度，她拿出背包裡的外套充當毯子。身體和精神都疲累到頂點，潛意識卻不肯睡，拖著她的夢四處奔跑。

意外的順利。明天可以提早回家了，該編個什麼藉口？

溫熱深沉的鼾聲在耳邊轟隆，山裡會有熊嗎？

火車上的男人獰笑著說：他會揭發她的詭計，粉紅色藥丸、桃紅手機都是證據。

警察一定會再來問話，事先要跟孩子們套好，說她那晚沒離開旅館。小淳睡得很熟，但很難預測敏敏會有什麼反應，會不會又突然捉狂？

有點冷。那孩子的眼神。他們長大了，往前跑，那麼快，她快要抓不住她的寶貝們。

吳荻真的寫了自白書嗎？寫了什麼？

有可能這麼簡單嗎？恍惚又回到十幾歲，和吳荻扭打，她跌進泥塘裡，哈哈哈！吳荻叉著腰，得意響亮的笑聲在迴蕩。

目擊者會是誰？溼地公園那兩個騎機車路過的老人家，還是路上的監視錄影畫面？胃一抽緊，被亂夢翻攪出的不安，使她睡意全消。

窗外天色灰白，玻璃燭台裡的火已經熄滅，床上的吳荻艱難的呼吸咻咻，突然中斷。她豎起耳朵，直到鼾聲再度響起，她才放下心，卻再也睡不著。

窗外吹來海風，一陣冷過一陣。她穿上外套，把透明窗簾放下，海面上低垂的灰雲和白浪正交纏難捨。

要先把警察可能發現的疑點、她該有的答話都詳細記下，免得穿幫。

藉著天空的微明，她從昨晚清理過的紙張書本裡翻找，沒有空白紙了。在胡亂塗鴉的紙堆裡，有一本夾著原子筆的綠皮筆記簿。她翻開記事簿，橫紋紙張上的字跡如蟹，時而成簇爬行，有的撞疊成團，還用幾隻長尖牙拿長矛的小毛球作主角，畫了幾張漫畫，毛球們說英文，討論今天的作戰計畫，分享美食和泡妞感想。

跳過那些潦草難辨的英文，偶然出現的中文，有些陌生的亞洲地名。可能是重點記錄她對自己過去的回顧和未來的研究方向，看得出她是個認真的學者。

她的字跡圓胖，帶著俏皮小鉤，下筆力道輕多了。以前吳荻在教室黑板上寫一行字，粉筆總要斷上兩三根。筆記本的後半還是空白的，可以簡單記些要點，再撕下來帶走吧。

愷雲靠在窗邊打開最後一頁，熹微的光，照出白紙上密集而淺淡的痕跡，中間似乎被撕掉兩頁。就像小淳喜歡玩的偵探拓印遊戲，要是有鉛筆，就可以輕輕拓出原本的字跡。

看段落的排列，似乎是一封信。吳荻說的自白書，就寫在這筆記本上嗎？吳荻什麼時候替別人著想過了？雖然她很想說服自己，人之將死其言也善。

吳荻歪頹在枕上，眼睛半睜半閉，彷彿望向這邊。醒了嗎？看別人亂翻自己的筆記，她會不高興吧？

愷雲走到床邊，俯視著她。吳荻仍舊眼白半露，額頭脖子一片汗蒸，不時抽搐的唇，還在別的世界說個不停嗎？一隻蒼蠅停在她乾癟的左頰，努力吸吮這盤生命的剩菜。

◆

清晨五點。冷風呼嘯穿梭在山上的樹林間，烏雲在海面聚攏成鉛灰的鯨群，豆大的雨點開始落下。

愷雲戴上防水外套的帽子，背包裡多了那本綠皮筆記簿，快步往公路走去。

今天看不到日出了。

# 出海

## ■今年，三月二十七日，台北■

校園外，修剪整齊的灌木叢和石雕的小動物，取代了冷硬無表情的磚牆。粉白桃紅的杜鵑和矮仙丹，正迎風盛開，和剛放學的孩子們一樣稚嫩熱鬧。花籬的美麗，能保護孩童的純真，阻絕得了成人世界的邪惡力量入侵嗎？

全身掛滿書包水壺提袋的孩子們叮叮噹，或奔或走的湧出校門。小精靈小狐狸小仙女，還有衝動的小豹子和懶懶踱步的熊。

她遠遠站在對街的騎樓下，欣賞這些五彩熱帶魚似的男孩女孩，輕輕哼起最近小淳愛唱的歌：

聽媽媽的話，別讓她受傷。想快快長大，才能保護她……

她只在沒有憂慮的時候會哼歌自娛。

敏敏和幾個女孩嘰嘰喳喳走過去了。只見她眉睫含笑，時而親暱挽住朋友說句悄悄話。早上紮的高馬尾有點鬆了，白襯衫的肩上飄蕩幾縷柔軟烏黑的髮絲，更顯得輕俏，像春天初綻的小雛菊。

小淳出來了，沒回應其他孩子的揮手告別，顧自低頭數著步伐走過去了。昨天從校門到家的紀錄是一七五八步，今天他刻意跨開大步，向一七〇〇挑戰。認真的小臉執著而緊繃，幸好這一路過去沒有主要幹道……千萬要小心那些莽撞的摩托車啊！

即使隔開這麼遠，寶貝們依然耀眼得讓她心疼。

終於，那孩子出來了。書包球袋便當袋和深藍底白條紋足球制服，長高不少，又結實了點，繼承自母親的俊俏和父親的頎長，在幾個同樣裝束的男孩之間，像蛙群中的王子——雖然也是隻跳騰呱噪不已的青蛙。

一群男孩往三個方向散去，她遠遠跟住他和另一個孩子，他們在下一個街口分別之後，他轉進一條小巷，停住腳步，拿出剛才和同伴交換的東西仔細研究。

「季揚！」

「嗯？」他迅速把手藏到身後：「喔，阿姨！呃，是葉……敏榆……媽媽。」

「你在這裡做什麼？今天不是要補英文嗎？」

「沒有，今天球隊有特訓。」

特訓會只有半小時？這孩子。

「這樣啊？好久不見了。你最近還有和媽媽，我是說美國的那個，連絡嗎？」

她當然知道答案。「沒有。」

「上次去南部玩的照片，我想寄給她……」

他聳聳肩，毫無掩飾的不耐，像他年輕的後媽：「她現在連E-mail都不收。」

「真的嗎？還真傷腦筋。」她重重歎口氣，絆住他想離開的腳步：「其實，我想和她商量一件事，和你有關。」

「我？」

「是啊……」她假裝盤算著，低聲自語：「算了，這種事，還是跟你家裡的媽媽說好了，不過，這種事，到底該怎麼說好呢？傷腦筋。」

季揚的長睫毛拚命煽啊煽：「什麼事？」

她憂傷的對他微笑，深呼吸了幾次：

「希望這不是真的。敏敏告訴我，上次你們在嘉義的旅館裡，就是我和你媽媽在隔壁房裡聊天的那個晚上，你對她……」

她不再往下說，等著看他臉色的變化。只見他兩手插進口袋裡，滿不在乎的撇撇嘴：

「厚！我還以為是什麼咧，原來是這個。」

他的反應不在她的預期中，她再進逼一步：「趁她睡著的時候，你……摸了她，是不是？」

「她根本就在裝睡。」

「你徵求她的同意了嗎？」

「不用問也知道啊。她在FB上還跟別的女生說，她希望去墾丁玩的時候可以跟我啵一下。」

「啵……什麼？」

「就kiss啊，」他挑起眉毛指點自己的唇：「這裡，女生哈的很呢！」

油嘴滑舌，簡直跟吳荻年輕時一個模子！敏敏什麼時候偷偷開了FB的帳號？不，現在不是示弱的時候，得盡快搞定這孩子。她不由得皺緊眉，忍住想怒摑這男孩的衝動。

「女孩子嘴上說說，有時是開玩笑的，不見得就希望你真的做了。你們都還沒成年，這麼做是違法的，你不知道嗎？我是敏敏的監護人，該告你性騷擾，或是強制猥褻罪？我記得你媽媽以前副修法律，所以我想向她請教。」

季揚的氣焰稍微降溫：「反正你也找不到她。」

「沒關係，我還是可以找你家裡的媽媽談，不過，我猜她忙著上美容院喝下午茶，大概不會管這種小事。……對了！如果去找你爸爸呢？我聽說他現在參與教育部的一個重大計畫，你的這件小事，一定會讓媒體很感興趣，他們會來找我求證，到時我就沒有把握你們家會被他們寫成什麼樣子了。去年，我也被不實報導害慘了，那陣子我們家成天被記者騷擾，敏敏連去上鋼琴舞蹈課都會被記者纏上……我不想看到你也受到同樣的傷害。」

小帥哥皺緊濃眉，不馴的笑容漸漸石化。有了，這才是她想要的效果。

「別跟我爸說，拜託！」

「還是要我去找老師或校長商量？學校應該教你們正確的性觀念才對。」

「不，不要去！」季揚哆嗦著，幾乎要哭出來：「阿姨，對不起！我只是好玩而已，我不知道……這會犯法。」

「你沒有把那天的事跟別人炫耀吧？同學或朋友，或是在臉書上提過？」

季揚的頭垂得和他的足球一樣低，久久才回答：「有。」

她提高聲調：「你說了？」然後再重重歎口氣：「那我也沒辦法了，敏敏是女孩子，心思細又愛面子，怕同學們在背後會把她說得很難聽。」

「可是我又沒說是她，我只說有的女生很好上……」

「夠了！你別再跟別人說那天的事，也別再提到敏敏，如果有寫在臉書或哪裡的，全部給我刪掉，聽清楚了嗎？」

「那葉敏榆……」

「拜託你，以後離她遠一點，也別再跟她提這件事，免得她又鑽牛角尖。」她放軟語調：「如果有人再問你那天晚上的事，你就說，我們吃完晚餐直接回旅館，就各自回房裡睡覺，你很早就睡了，什麼事也沒有，懂嗎？就當做沒發生過這件事。唉，我真後悔，沒想到，單獨讓你們留在房間裡，居然會發生這種事，我以為你們年紀都還小……」

季揚鬆了口氣：「我不會跟別人說，回家我會馬上把FB刪掉。我可以走了嗎？」

「我跟你媽媽是老朋友了，要是別的男生敢對我的寶貝女兒做這種事，我不會這麼輕易放過，直接就去告家長。阿姨認識你這麼久了，知道你是個好孩子，我能信任你吧？以後對別的女生也一樣要尊重，就算她再喜歡你，也不能亂來，做出對不起大家的事，知道嗎？」

「知道了。」

為了保護寶貝女兒，當媽的什麼都做的出來。她再叮嚀（或恐嚇？）他幾句，這才放他逃出巷子。

從台東回來隔天，她看到殺妻案嫌犯袁春旭前一天在板橋車站跳軌自殺的消息。目擊者說他當時精神恍惚，跌落軌道，當場被剎車不及的自強號輾斃。警方推測，他可能因為卡債壓力而買凶殺妻，卻被懷疑詐保，所以畏罪自殺。

抱歉，他的死不在我的計畫裡。誰教他半路殺出來礙事？

他沒把那個藥瓶帶下車吧？他不是會把垃圾帶在身上，做好資源回收的那種人。火車上的乘客和監視器都看到我們交談了吧？他想勒索她。要是心虛，她還能安慰關心他嗎？

人證沒問題了，吳荻的律師收到自白書了沒？如果不成，她還準備了一封。對於模仿筆跡，她還有點自信。當年不就成功瞞過公司的財務部，讓她做成幾筆好生意，也替她付清了這棟房子的頭期款？

遠遠望著自家雨後微潤的棚架，綠屋頂就快成形了，再過幾個月，使君子綻放的粉紅會把她的房子點綴得更美。丈夫今晚會回家吃飯，下午煲的那盅干貝百合雞湯味道正好，養生五穀米也預約好電鍋的煮飯時間了，加上清炒山蘇和韭菜花枝奶油燉白菜，還有孩子們最愛的高麗菜捲。敏敏和小淳待會兒分別從英文和繪畫班下課回來，八成會嚷餓，先給他們吃小松糕配薄荷香草茶墊墊胃……

轉進巷弄裡，一眼就看到門口站著兩個人，矮胖穿制服的楊警官，伴著一個西裝穿得很隨興，肩著一個平價尼龍背包的男人，看來他們剛按過門鈴。愷雲猶豫一下，盡可能神態自然的走向家門。

楊警官回頭看見她，溫靄的微笑不再，過於慎重的對她點點頭，簡單的向她介紹：

「葉太太。這位是刑事局許警官。」

男人掏出一張滿是煙味的名片遞給她，濁濁的痰音隨突出的喉節滑動：

「歹勢，突然來攪擾。有幾個問題和照片想請教一下，方便進去談嗎？」

「沒問題，請進。」

真不想讓這老煙槍進屋裡，他牙齒都黃到快發黑，糾結的爆炸頭夾雜銀光，枯乾的長臉罩著皺紋織成的網，不容易看透，鞋上還沾了沒乾的泥！但是剛下過一陣春雨，請客人坐院子裡的溼椅子也不像話。

他們很快就會走了吧？沒什麼好擔心的。她拿了客人用的拖鞋來，問警官要不要來杯熱茶。

「不用不用，就幾個問題，很快。來來，請坐。」

許警官很豪爽的反客為主，直接在她最喜歡的單人扶手沙發坐下，楊警官手上抱著一個公文封，逕自坐在離他們最遠的雙人椅，看來今天她純粹作陪當助手，非必要時不會開口。

「是這樣，昨天我們收到了一封信，」許警官清了清喉嚨：「有一位吳荻女士，你認識吧？」

來了！他們收到信了，那麼吳荻已經……？她點點頭，露出迷惑又不安的神情，心裡的導演下令：你什麼都不知道，完全的狀況外！

他朝楊警官點點頭，她從公文封裡拿出一封信，信封用雅緻的行書體印著律師事務所的名字和地址。許警官接過信封，從裡面拿出一疊折好的西式信紙攤開來，藍墨水密密麻麻，橫向飛滿了她熟悉的字體，吳荻的真跡。

「吳荻女士前天因為肝癌過世。她要律師在她死後，馬上把這封信交給刑事警察局，辦理嘉義女屍的專案小組成員，承認她就是凶手。她寫了一些跟你有關的部分，想要麻煩你看一下。」

愷雲顫抖著手接過信來。太好了，她花了好大工夫仿寫的那一封派不上用場了。

「怎麼會？」她喃喃說著，意識到楊警官正默默的觀察她。

她輕輕捂住嘴，掩飾內心的悲傷詫異，也為了擋開許警官的口臭。

「你們是……」許警官翻了翻手上滿是皺褶的記事本。

「我們是大學……不，我們從國中就是同學，認識了快一輩子……」

許警官不耐煩的嗐一聲：「我知道。我是想問，你們一月二十日從台北出發到南部，一月二十四日回來，沒錯吧？」

「沒錯。」

「一月二十二日那天，她自己帶兒子到嘉義市娘家住了一晚，後來再和你碰面時，有沒有什麼改變？像是比較緊張，或者有哪裡受傷什麼的？」

「我沒有這種印象。」

「你們以前在學校交情很好嗎？」

她遲疑了一下。「不算好。其實，我們大學畢業之後就沒有再連絡了。只是去年碰巧在孩子學校的家長會遇見，才發現我們的孩子正好同班，所以放寒假時她就主動約我們一起去墾丁玩。」

「所以去南部是她提議的，不是你？」

「是的。」

許警官彷彿逮到蝨子，迅速的在記事本上寫了幾筆。愷雲冷眼看他用筆尖撓搔亂髮的邋遢樣，心想：待會兒可得用酒精好好擦遍他碰過的地方。

「請問，我可以看信了嗎？」

那男人茫然張著嘴，過了一秒才醒悟過來。

「啊？對對對，差點忘了，請看，請看。」

看來這許警官不但是個粗人，還有點糊塗。她低頭捧讀吳荻的……算遺書嗎？吳荻的字跡不再有力，像亂飛的蜻蜓，不過這幾天她已經看得很熟悉了。信的開頭也正如筆記上的印痕草稿，詳細交待她策畫南部旅行的用意，因為來日不多，所以想回到原生的故鄉看最後一眼。

很感謝我的老同學黃愷雲，讓我這趟返鄉之旅能夠實現，認識了二十幾年，她對我的任性自私總是寬容以對。在嘉義過夜原本不在我們的計畫中，是我臨時要求的，因為我想再多陪媽媽一段時間，愷雲很體貼的答應了我的要求。

在東石漁港附近的餐廳吃晚飯，愷雲突然很緊張，她以為自己看到了那個曾經在她家縱火的女人正在跟蹤她……

啊！愷雲心上一跳：吳荻竟然把這件事寫了出來！楊警官的目光在她臉上巡邏。她努力克制自己，揪著心讀下去：

……我們草草吃完晚餐就回××商務旅館洗澡休息了。大概十點左右，我肚子有點餓了，也擔心愷雲，就過去敲她的門，問她想不想一起出去吃消夜，聊聊天，心情會好一點。但是她說孩子都睡了，不放心把他們單獨留在旅館裡。所以我就向她借了車鑰匙，獨自開車出去，想找家便利商店消磨夜晚。

剛離開旅館不久，我在一個紅燈前停了下來……

她強迫自己把犯案的細節看完，吳荻全都強調是「我」做的，沒有洩漏出複數的痕跡。把自己和廖薇薇在車上的死亡格鬥寫得驚心動魄，其中一段害她差點笑出來：

我一時魯莽，只顧著求生，才會錯下重手會把她給勒死。也許我沒資格請求原諒，但是誰能夠在驚愕之中保持冷靜，在盛怒之中保持鎮定？世上沒有這樣的人吧？

這不是「馬克白」嗎！大二那年排演這齣戲前，他們都會先集體一起朗誦過劇本，做發聲練習。吳荻促狹的改編過這段拗口的台詞：

「誰能夠在催眠聲中清醒上課，在炸雞香味中不流口水，在舞會中保持他在書桌前的端正姿態？台大多的是這種呆子吧？」

吳荻到底在想什麼？她居然還記得這齣戲！被勾起的笑意忍在肚裡，漸漸發了酸，慢慢衝上鼻頭，化成在眼眶裡打轉的淚水。這回她坦然讓淚珠滴落在信紙上了，迎著室外光的角度，正好可以讓楊警官清楚看見被濡溼的透明圓點。

看到信的最末，她只覺得頭皮下瞬時鑽出千萬隻螞蟻：這段文字為什麼這麼眼熟？

明天，明天，再一個明天，一天接著一天地躡步前進，直到最後一秒鐘的時間；我們所有的昨天，不過替傻子們照亮了到死亡的土壤中去的路。熄滅了吧，熄滅了吧，短促的燭光！人生不過是一個行走的影子，一個在舞台上指手畫腳的拙劣的伶人，登場片刻，就在無聲無臭中悄然退下；它是一個愚人所講的故事，充滿著喧嘩和騷動，卻找不到一點意義。

噢！不會吧？這也是「馬克白」的台詞！

一個真心懺悔的凶手，除了簡單交待要把所有財產交付被害者家屬作為賠償之外，會毫無創意的原文照抄莎士比亞嗎？是太懶，還是存心開玩笑？她模倣吳荻字跡和口吻寫的自白書，可是充滿沉痛的懊悔之情，衷心向死者的道歉啊！難道吳荻在暗示，整封信只是她編造的謊言？

她的臉一定慘白得厲害，楊警官開口問：「你還好嗎？」

「呃，沒事……」要在驚愕中保持鎮定。「我只是沒想到，她真的……做了這種事。」

冷靜點，這些警察八成沒讀過莎士比亞，也不知道誰是馬克白。連她自己也不大記得了，沒什麼好怕的。

許警官用原子筆嗒嗒輕敲記事本：「她把車鑰匙還你的時候，有沒有跟你提過發生什麼事？」

「沒有。」

「她是那天晚上來還你鑰匙的嗎？大約幾點？」
「應該是過了十二點吧。」
「她過來敲你的門？還是把你叫到大廳？」
這裡似乎有個陷阱，但是許警官看她的眼神，卻平靜的沒有一絲波紋。
「她直接拿到房裡給我，跟我說她臨時有事，第二天要去香港，所以一早就要搭高鐵離開。」
「是嗎？我這裡倒是有個有趣的東西，想請你看一下。」
他從側背包裡拿出一部筆記型電腦。打開電源，很有耐性的等待這部機器伸完懶腰開始工作，點了幾個鍵，再把螢幕轉向她。
不出她所料，那是旅館大廳的監視錄影畫面，淡彩粒子清晰的捕捉到她和吳荻並肩走向大門的影像，臉對臉微笑，看來就像準備去狂歡的一對密友。那一瞬間，這輩子她們最親近的時刻，竟是如此短暫！
「沒記錯的話，剛才你說吳荻來向你借車鑰匙，然後單獨出門，但是從這個畫面看起來，你們好像要一起出去玩，很開心的樣子啊！」
「我沒有這麼說過，」這時候態度要堅決：「您的印象應該是從吳荻的信上來的吧？在墾丁時，我收到楊警官寄來的照片檔，」她望向微微頷首的楊警官，「後來在東石，居然看到照片裡那個女人，樣子不大對勁，我被嚇到了，不知道她到底想對我做什麼，所以我表現得很失常。那天晚上，吳荻的確來找過我，她很體貼，問我發生什麼事，要不要談談。孩子都睡了，我怕吵醒他們，也不放心把孩子們留在旅館，所以我們就到停車場坐在車裡聊，後來她說要去買消夜，我就把車借她開。要是知道會發生這種事，我就不該把鑰匙給她，我沒想到……」

她掩臉低聲啜泣了，許警官打開另一個視窗。

「再看一下這個，晚上十一點五十八分。為什麼你們出現在旅館大廳的時間相差不到兩分鐘？她開車出去以後，你沒有直接回房間，這兩個小時，你在哪裡？」

她從茶几上的織錦面紙盒抽出一張來，擦擦眼眶和鼻子。

「我想一個人靜一靜，所以到河邊散步。」

「喔？那裡到了晚上沒什麼人，路燈也不太亮，你膽子還蠻大的嘛。」

「這我倒是沒注意，當時我心情很亂，和吳荻談過之後平靜了一點，想到外面透透氣，用運動來轉換情緒。」

「嗯？慢跑嗎？」

許警官挑挑眉，又是圈套？第二天要離開旅館之前，幾乎整晚沒睡的她很早就出了房門，重新檢查過車子裡外，也勘察了旅館周遭的環境。

「河邊的路塌了幾塊，不適合跑步。」她偏著頭想了想，再補充：「其實那時我是擔心，怕那個女人會跟蹤到附近，與其躲在房裡胡思亂想，不如到外面碰運氣。和吳荻談過以後，我覺得沒什麼好怕的，如果能直接問她到底要做什麼，對我有什麼誤會，面對面說清楚，一切都會沒事的。」

「我們找到被害人廖薇薇的日記，她寫了一些關於你的事。四年前她在仁愛路的『泰美』餐廳工作過，你好像是那裡的常客，是嗎？你常點咖哩螃蟹？」

「螃蟹？」

濃郁強烈的咖哩香一下子喚醒她的記憶：橘紅的牆，黑木長桌，深紫天鵝絨紗發，紗簾低垂的隔間，刺繡的大象掛飾，雕花的銀錫飯鍋和水杯，幽遠神祕的木琴音樂和鼓聲，殷勤周到的泰國華僑老闆，還有幾個穿彩紋沙龍裙的女服務生。她是短髮有雀斑，還是嬌小有刺青，還是很會推薦菜色笑得很甜的那位？……哦，有一個笨手笨腳，打翻果汁搞得她一身狼狽，會是那個嗎？

記憶滑溜得像泥鰍，以為捉住了，手裡卻是空的。

「她說你害她被開除，結果她一路走下坡，變成人生的失敗組。」

「我不記得發生過這種事。」她緩慢而悲傷的搖頭：「她一定是認錯人了，如果真的是我，那也是無心之過。要是有機會能坐下來聊聊，讓我當面向她好好道歉，今天這場悲劇也就不會發生了。」

許警官向楊警官攤開一隻手掌，表示到此為止了吧？他沒什麼可問的了。楊警官把吳荻的信收起來，放鬆的法令紋深深垮下，就像正午結束工作挑著空菜擔回家的歐巴桑一樣。她收起公文封，沉穩的朝愷雲點個頭：

「很抱歉，經常上門來打擾。」

「哪裡，別這麼說。」愷雲心裡輕盈得幾乎要飛起來，嘴上卻沉重的牽掛幾石憂慮：「請問，這案子之後還需要送法庭審理嗎？我需要出庭嗎？還是就這麼結案了？」

「當事人雙方都不在了，又有足夠的證據，後續呢，就是寫寫報告，還有受害人家屬賠償的問題了。還真是件輕鬆愉快的案子呢！哼哼，美國大學女教授殺害不認識的女人再棄屍，對方還是個有智障女兒的年輕媽媽，這可是媒體最愛的八卦新聞哪！呵呵！我看我最好這陣子都把手機關掉，那些記者跟蒼蠅一樣煩死人。」

大概許警官打雷般的笑聲太響了，愷雲完全沒聽見前門的聲響。只見背著書包的敏敏和小淳一前一後追逐著出現在客廳，看見楊警官的深藍制服和星星，就呆住了。

「怎麼啦？家裡有客人呢。」

小淳挺起胸脯，朗聲喊：「客人好！」

敏敏的細聲像個小淑女：「警察阿姨好！叔叔好！」

「叔叔？哈哈，我看起來還很年輕嘛！」許警官笑嘻嘻拍拍小淳的頭：「好乖！好乖！你們放寒假的時候跟媽媽去墾丁玩了吧？皮膚都曬得好健康好漂亮喔！」

不喜歡被陌生人碰觸的小淳跳開兩步遠，冷冷瞪著這位大叔。敏敏伶俐的接口：

「對啊，南部的太陽曬得好暖，好舒服，我們每天都下水玩呢！」

許警官把手插進鬆垮的褲袋裡，毫不掩飾的打量敏敏，眼光在她緊身T恤下的小饅頭流連了一會兒。

「這樣啊？我聽說你們還在東石的漁人碼頭玩了一天，那天一定也很好玩，玩得很累吧？你們是不是晚上一回到旅館就睡著了？」

怎麼？這猥瑣的老頭想套孩子的話？只見敏敏投來困惑的一瞥，愷雲輕輕點頭：說吧，孩子，照媽媽教過的說吧。

「對啊，我們那天很累，回到房間就睡了。」

「才不是！」小淳抗議：「我們還有先洗澡刷牙！」

這孩子！差點把媽媽嚇出心臟病來。

愷雲苦笑著走過去，把小淳攬到身邊，向警官們解釋：

「我們家弟弟很愛乾淨，又特別重視小細節。」

許警官背起電腦包，和悅的安慰她：「不錯不錯，像他這樣的孩子通常都很聰明呢！」

**這樣的**孩子？愷雲有點被得罪了。這不是和他解釋亞斯伯格症的時候，趕快把這兩個不速之客送出門吧！

她保持禮貌，打發孩子們回房間，送兩位警官走到玄關。突然背後一陣咚咚的腳步聲追來，只見敏敏拼命拉住從房裡跑出來的小淳，一面小聲喊：

「別過去啦！回來！」

但小淳意志堅決，甩脫被姐姐拉住的外套，跑向大人們，得意的攤開一隻手掌：

「這就是我那天揀到的，看，是強力磁鐵！什麼都吸得住，連剪刀都吸得起來耶！而且你看，它的身體可以透光，裡面還有小氣泡，很漂亮吧？」

淡淡染紅他手心的，是個硬幣大小的瓢蟲，半透明的塑膠材質，紅胖身體，頂端畫出黑色的頭部和圓點，拙劣的塗漆有點剝落，黑頭上頂著一根短短的天線。

「噯呀，怎麼隨便撿地上的玩具，好髒……」

愷雲正想伸手，許警官卻攔住她。原本暗淡的死魚眼珠異樣的燃亮了，迅速從背包裡拿出一隻塑膠手套戴上，像鑽石專家般慎重的從小淳手上拿起那隻瓢蟲，仔細的檢視。

怎麼了？愷雲心底納悶，不過就是普通的玩具，這麼有趣嗎？

「喔！它頭上的觸角斷掉了，是你弄的嗎？」

「不是，我拿到的時候就這樣了。」小淳轉向母親，鄭重抗議：「我才不是在地上亂揀的，是從你的外套上看到，它就吸在你衣服的腰帶環上。」

「什麼？我明明……」

她不是已經忍痛把那晚穿的風衣送進垃圾車了嗎？為了不顯臃腫，她把腰帶繫在身後打個漂亮的結，什麼時候引來了一隻瓢蟲？

「就是那天你穿的外套嘛，弄得好髒，全都是爛泥巴，還好我有看到這隻瓢蟲，不然就會連衣服一起被你丟掉了……」

敏敏意識到母親身體一僵，急忙扯住小淳的手臂低聲斥喝：「閉嘴啦！」

「有意思。我們正好在被害人的外套口袋裡，發現一小截黑色塑膠，搞不好就是這隻小蟲的觸角呢。」

許警官把瓢蟲放進一個小夾鍊袋裡。

愷雲眼前一黑。她的奮鬥，她擁有的人生，即將被地球一口吞噬。

◆

■今年，一月二十二日，嘉義■

晚上九點十二分，生命中的倒數第二個晚上，薇薇在嘉義文化路夜市閒逛。離家兩天的冷靜，加上一碗蚵仔麵線的飽足感，讓她能好好思索往後的事。幸運手環還沒斷。幸好她一直把它戴在手上。

機車的油表還有一格多一點，很夠她明天騎到東石了。如果能找到東石國小旁的那家文具店，拿出程欣宜幾年前送她的這個小墜子，她爸或她媽應該會認得吧？然後她就可以說，不好意思，我是欣宜的朋友，她說過只要我有困難，就可以來找她，我想向你們借五百，哦不，一千元，我要騎車回彰化娘家去接女兒，然後再帶女兒搭火車回家，我們住台北……

他們會要求她解釋怎麼認識程欣宜的吧？還有她是怎麼從台北到彰化，又跑到嘉義來。實話只會讓她再痛一次，不要。還是編故事簡單一點，就說她來嘉義找一個老朋友沒找到，還遇到壞人……

唉！這輩子她遇到的壞人還不夠多嗎？

夜市裡和她擦肩而過的人，個個歡笑洋溢，手上拿著的，不是令人吞口水的烤肉串或香雞排，就是抱著拿汽球的孩子或拿Kitty手機的女朋友。

炫麗的燈光，繽紛的商品，快樂的笑臉，美食的香氣，輕快的音樂。走在這條短短的街上，就像走進一個幸福的夢裡。

腳底的柏油路有彈性的鼓舞她前行，那麼多攤位那麼多有趣的東西，都在許諾她更美好的生活，親切的招呼她：

把這個可愛兔耐熱矽膠手套帶回家吧，不用擔心燙傷玉手，就能為親愛的家人端上一鍋熱乎乎的好湯。穿上這套強力纖體塑身內衣吧，你的魔鬼身材會讓老公更疼愛你。孩子還沒上學？沒關係，這套專家推薦的魔法金字塔，能增進他的邏輯思考和手眼協調能力，提早開發智能，讓他愈玩愈聰明！紗窗難拆洗不乾淨？不要緊！有了這隻神奇紗窗清潔刷，不用當蜘蛛人，也能把紗窗洗得清潔溜溜……

每一樣都讓她心動，但美好許諾背後的數字，總會把她拉回現實。

一個父親讓小女兒坐在肩頭，完全不在意她手上傾斜的粉紅棉花糖，隨時會黏上自己的頭髮。

女孩快三歲了吧，跟小牛妹差不多大……

「爸爸！我要買那個！」

女孩扯住父親的鬢髮，小腿踢蹬著，彷彿她騎的是頭驢。父女倆就駐足在玩具店裡觀賞粉紅夢幻娃娃屋和閃亮廚房組合。

幾天不見，小牛妹會想她嗎？帶個玩具給她吧。一樣會發光的漂亮小玩意，亮晶晶的東西會引她咯咯笑著，伸出小手去捉。

靠電池發光的太貴，螢光鑰匙圈只有晚上才會亮……她挑挑揀揀逛過去，最後停在「每樣十元」的地攤前。白熾燈泡下，一小簍五顏六色的寶石閃耀著。

她付了一個銅板，把那顆剔透如瑠璃的紅寶石揣進口袋，指尖被短短的觸角刺出微妙的喜悅。她可以綁根縫衣線在上面，教小牛妹用厚紙板畫些小魚小蝦，再別上迴紋針，她們就可以玩瓢蟲釣魚的遊戲了。

她走到路燈下，忍不住再把那隻瓢蟲拿出來。迎著光，渾圓可愛的小蟲，在手心上映出團深紅而堅實的霧，似乎預告一個玫瑰色的未來。

釀小說84　PG1651

# 惡女流域


| | |
|---|---|
| 作　　者 | 陳瑤華 |
| 責任編輯 | 徐佑驊 |
| 圖文排版 | 周妤靜 |
| 封面設計 | 葉力安 |

| | |
|---|---|
| 出版策劃 | 釀出版 |
| 製作發行 | 秀威資訊科技股份有限公司<br>114 台北市內湖區瑞光路76巷65號1樓<br>電話：+886-2-2796-3638　傳真：+886-2-2796-1377<br>服務信箱：service@showwe.com.tw<br>http://www.showwe.com.tw |
| 郵政劃撥 | 19563868　戶名：秀威資訊科技股份有限公司 |
| 展售門市 | 國家書店【松江門市】<br>104 台北市中山區松江路209號1樓<br>電話：+886-2-2518-0207　傳真：+886-2-2518-0778 |
| 網路訂購 | 秀威網路書店：http://www.bodbooks.com.tw<br>國家網路書店：http://www.govbooks.com.tw |
| 法律顧問 | 毛國樑　律師 |
| 總 經 銷 | 聯合發行股份有限公司<br>231新北市新店區寶橋路235巷6弄6號4F<br>電話：+886-2-2917-8022　傳真：+886-2-2915-6275 |

| | |
|---|---|
| 出版日期 | 2016年11月　BOD一版 |
| 定　　價 | 300元 |





**Printed in Taiwan**

國家圖書館出版品預行編目

惡女流域 / 陳瑤華著. -- 一版. -- 臺北市 : 釀出版, 2016.11
面 ;　公分. -- (釀小說 ; 84)
BOD版
ISBN 978-986-445-161-6(平裝)

857.7　　105019020

# 讀者回函卡

感謝您購買本書，為提升服務品質，請填妥以下資料，將讀者回函卡直接寄回或傳真本公司，收到您的寶貴意見後，我們會收藏記錄及檢討，謝謝！如您需要了解本公司最新出版書目、購書優惠或企劃活動，歡迎您上網查詢或下載相關資料：http:// www.showwe.com.tw

您購買的書名：________________________________

出生日期：________年________月________日

學歷：□高中（含）以下　□大專　□研究所（含）以上

職業：□製造業　□金融業　□資訊業　□軍警　□傳播業　□自由業
　　　□服務業　□公務員　□教職　□學生　□家管　□其它_____

購書地點：□網路書店　□實體書店　□書展　□郵購　□贈閱　□其他

您從何得知本書的消息？

□網路書店　□實體書店　□網路搜尋　□電子報　□書訊　□雜誌
□傳播媒體　□親友推薦　□網站推薦　□部落格　□其他__________

您對本書的評價：（請填代號　1.非常滿意　2.滿意　3.尚可　4.再改進）

封面設計____　版面編排____　內容____　文／譯筆____　價格____

讀完書後您覺得：

□很有收穫　□有收穫　□收穫不多　□沒收穫

對我們的建議：________________________________

________________________________

________________________________

________________________________

請貼
郵票

11466
台北市內湖區瑞光路 76 巷 65 號 1 樓
**秀威資訊科技股份有限公司** 收
BOD 數位出版事業部

(請沿線對折寄回，謝謝！)

姓　名：＿＿＿＿＿＿＿＿＿＿　年齡：＿＿＿＿　性別：□女　□男

郵遞區號：□□□□□

地　址：＿＿＿＿＿＿＿＿＿＿＿＿＿＿＿＿＿＿＿＿＿＿

聯絡電話：(日)＿＿＿＿＿＿＿＿＿＿ (夜)＿＿＿＿＿＿＿＿＿＿

E-mail：＿＿＿＿＿＿＿＿＿＿＿＿＿＿＿＿＿＿＿＿＿＿

實說出來。」而小說家所欲表現的「真實」，往往藉由敘事的各種技藝，通向一間又一間光照不到的人性暗室，使得活在現實表層的人們，常得上演兩套以上的人生劇本，時而見機行事，時而修改台詞，前台扮演員，後台兼導演，把自己與旁人耍得筋疲力盡，忙得不亦樂乎，即使朝夕相處的夫妻，也難逃這種欺瞞與遮掩的窘境。「惡女流域」於人前人後的虛實間隙，與人性幽暗處孳生的隱微妒意，有不少精彩的著墨，也將人性的若干質素做了生動的展演。

小說的另一主角：吳荻，關於她的描寫多由愷雲的視角出發，其形象恰恰與她帶悲劇的性格之間，摩擦出迷離的光色，這樣的安排給了吳荻這腳色更多的想像空間。第九章愷雲四處尋找吳荻，雙姝恩怨的題材於此開展出更耐人咀嚼的意涵，最末章落筆於夜市徘徊的薇薇，小說即戛然而止，讓整部作品多了些溫潤悲憫的光，也增添了動人的結尾。

長篇小說的構成猶如一幅卷軸的製作，布局疏密，色調明暗皆須作者精心調製，縝密安排。尤其大眾小說照顧人物與情節之餘，稍不留意便設計失焦，或偏執於某些角色性格的暗室呢喃，使讀者閱後心神不開，而減損了閱讀的意趣。瑤華是當年中文系班上最早關注現代文學，創作與研究皆有所獲，沉潛多年後試筆大眾小說，囑我為其贅言數句，從這部小說中，除讓我見識她對於人性的深刻體悟與觀察，其掌握情節與語言的嫻熟功力，也讓我學到許多可貴的書寫與閱讀體驗。

# 誰在暗中眨眼睛？

張經宏

學生時代即結下不解之緣的愷雲與吳荻，沒想到中年重逢，卻惹來一場莫名糾紛。因網路書寫成為暢銷作家的愷雲，平日小心維持文字上構築出來的形象，哪知被讀者薇薇抓到把柄，藉機騷擾愷雲，卻遭愷雲與吳荻所殺，成為海邊一具冰冷的遺體。

整部小說起始於一宗命案，兩個老同學殺死了一個陌生女子。這頗像推理日劇的驚悚開頭，很快抓住讀者的目光，之後懸疑與社會寫實的手法交織運用，鋪陳出兇嫌與死者截然不同的人生，使小說除了有好看的故事，內蘊的力道如水量豐沛的河流，隨人物命運的翻轉，交織出一片縱橫漫衍的水域。

愷雲的部落格文風類近於當今文青頗愛嘲謔的「朵朵小語」派，溫膩甜柔，這種公主般的夢幻與現實中的愷雲頗有落差，小說家既要設計不同的角色口吻，又須仿擬各式文風，也生動地勾勒出女人的日常與都會生活的觸感，使閱讀有了更多層次的趣味。

小說第五章藉某哲學家之言：「一個人所說的必須是真實，但他沒有義務把所有的真